午夜之门

北岛集

午夜之门

生活·讀書·新知 三联书店

在柏林格林兄弟墓地(2010年5月)

《午夜之门》英译本封面

和《今天》朋友们在爱荷华聂华苓家（2002年）

和顾彬在香港中文大学(2008年春)

和金丝燕、陈力川在卢梭遗骨迁入先贤祠前的墓地（2006年）

和《今天》朋友们在芝加哥周氏兄弟家(2006年)

和李欧梵在欧洲（1992年）

2009年香港国际诗歌之夜

三联版小序

窗户，纸和笔。无论昼夜，拉上厚窗帘，隔绝世上的喧嚣，这多年的习惯——写作从哪儿开始的？

面对童年，与那个孩子对视。皆因情起，寻找生命的根。从十五岁起，有个作家的梦想，根本没想到多少代价。恍如隔世，却近在咫尺：迷失、黑暗、苦难、生者与死者，包括命运。穿越半个世纪的不测风云——我头发白了。

按中国人说法，命与运。我谈到俄国诗人曼德尔施塔姆。除了外在命运，还有一种内在命运，即常说的使命。外在命运和使命之间相生相克。一个有使命感的人，必然与外在命运抗争，并引导外在命运。

十九岁那年当建筑工人，初试动笔，这是出发的起点。众人睡通铺，唯我独醒。微光下，读书做笔记，静夜，照亮尊严的时刻。六年混凝土工，五年铁匠，劳动是永恒的主题——与大地共呼吸。筑起地基，寻找文字的重心；大锤击打，进入诗歌的节奏。感谢师傅们，教我另一种知识。谁引领青春岁月，在时代高压下，在旱地的裂缝深埋种子。

四十不惑,迎风在海外漂泊。重新学习生活、为人之道,必诚实谦卑。幸运的是,遇上很多越界的人,走在失败的路上。按塞缪尔·贝克特的说法,失败,试了,失败,试了再试,多少好点儿。谁都不可能跨越,若有通道,以亲身体验穿过语言的黑暗。打开门窗,那移动的地平线,来自内在视野。

写作的人是孤独的。写作在召唤,有时沉默,有时叫喊,往往没有回声。写作与孤独,形影不离,影子或许成为主人。如果有意义的话,写作就是迷失的君王。在桌上,文字越过边缘,甚至延展到大地。如果说,远行与回归,而回归的路更长。

我总体愚笨。在七十年代地下文坛,他们出类拔萃,令我叹服,幸好互相取暖,砥砺激发。我性格倔强,摸黑,在歧路,不见棺材不掉泪。其实路没有选择,心是罗盘,到处是重重迷雾,只能往前走。

很多年过去了。回头看,沿着一排暗中的街灯,两三盏灭了,郁闷中有意外的欣喜:街灯明灭,勾缀成行,为了生者与死者。

北岛
2014 年 12 月 8 日

目　录

辑一

3　　纽约变奏
44　　卡夫卡的布拉格
62　　午夜之门

辑二

91　　空　山
102　　鲍尔·博鲁姆
108　　布莱顿·布莱顿巴赫
124　　依萨卡庄园的主人
134　　马丁国王

辑三

147　　后　院
154　　乡下老鼠
163　　午　餐
171　　杜　伦
180　　棒球赛

185 死亡谷

辑四

193 师　傅
199 芥　末
210 怪人家楷
215 刘伯伯

229 出版后记

辑一

纽约变奏

一

我是因为一场大火搬到纽约的。当然,大火只是个形象说法,是指生活的某种非常状态,比如革命。到纽约的第二天,我一觉醒来,才凌晨四点,从十九层楼的窗户望去,纽约好像着了大火,高楼大厦燃烧,千百块玻璃呈血红色,黑鸟盘旋,好一幅末日的景象。原来是我的闹钟仍走加州的时间,差三个钟头,纽约只不过正日出而已。

那天见纽约的月亮,也吓我一跳。它出其不意地卡在两栋高楼之间,其大其亮,怎么琢磨怎么不对。如果让纽约的孩子画月亮,多半不圆,被水泥玻璃切削得迤逦歪斜。

曼哈顿这个长十三英里、宽二点五英里的岩石岛,最初是荷兰总督于 1626 年以价值二十四美元的小商品从印第安人那儿买下来的。十九世纪末由于钢筋混凝土的广泛应用,人们才开始发疯似的往高空发展。以致有一天,纽约人发现他们自己像鸟栖息在水泥森林里。

纽约人是不会想到地平线的,这事儿生来就和他们无关。如果我在加州的思维方式是横向的话,那么在这儿肯定是纵向的。当电梯把我从地面带到十九楼,我的思想还会继续沿惯性上升,直到蓝天。按人口比例,纽约人信教的不多,我琢磨肯定和电梯有关。你想想整天上天入地的,哪儿还会有什么关于天堂地狱的神秘感?在某种意义上,电梯成了纽约人思维的原动力。若停电他们被卡在中间,那非疯了不可。

我到纽约的第二天就满街溜达,琢磨纽约人。其思路除了纵向性外,还有线性这个特点。比如,他们约会从来不含糊:二十三街第七大道或两街和百老汇之间。久了我才明白,其实他们是棋盘上的棋子,路几乎是固定的,而捏住他们手的是钱,是命运,是线性逻辑。这么说,可别以为纽约人直来直去一根筋。与地貌街道相对立的是内心迷宫和九曲回肠,是权力的转弯抹角和股票市场的曲线,这势必造成纽约人灵魂的扭曲。

二

1988年夏天头一回到纽约。我们是从伦敦过来的。和垂死的大英帝国相比,这儿有股满不在乎的劲头,北京人叫"愣头青",但朝气蓬勃。刚下飞机,我表妹的男朋友就开车带我们去兜风,隔东河观望曼哈顿的摩天大楼。那是黄昏时分,灯火通明,气派果然不凡。第二天乘地铁进城,我差点儿被尿骚味熏晕了过去。好不容易爬出地面,灰头土脸。再抬头一看,那些高楼脏兮兮的,压得人喘不过气来,好在天热还能挡挡太阳。

我们到东村去找W。当年我头一本油印诗集就是他手绘的封面,我和邵飞也是通过他认识的。他八十年代初到美国,在纽约一住七八年,黑了下来。这黑和黑还不一样,有的如履薄冰,有的如鱼得水。要说纽约可比哪儿都改造人。这个当年电影学院动画专业二年级的好学生,整个变了个人:他眼神阴暗,肥头大耳,一身短打扮,满口纽约土话。他走在街上,三教九流都过来打招呼,满脸崇敬。那时东村是流浪汉、酒鬼、毒贩子和艾滋病患者的天下。他哼哈应声,话不多,拍拍这个肩膀,摸摸那个秃头,奇迹一般,那些狂暴的灵魂顿时平静下来。

他告诉我们,两天后的晚上,穷苦兄弟们要在华盛顿广场示威,反对市政当局驱赶流浪汉的决定,警察肯定会镇压。他为此花高价买了台可连拍的闪光灯相机。当马队冲进示威队伍警察抡起警棍那一瞬间,他连续按动快门。照片发在本地报纸上,电视新闻也报道了示威场面,作为目击者他讲述了警察的暴行。尽管头部镜头被遮挡,还是为他捏了把汗,他非法居留,一旦被警察发现肯定会报复。可他满不在乎。

问他以何维生,答街头画像。说罢他取下画画工具,拦了辆出租车,拉我们到西四街的繁华地段,那儿已有不少中国画家在拉客。可惜那天晚上他运气不佳,等了两个钟头无人问津。有人提议去大西洋城赌一把,他立马收了摊,扬长而去。

他和艾伦·金斯堡(Allen Ginsberg)混得厮熟,艾伦会很夸张地呼唤他的名字。刚到纽约,艾伦请我们到一家日本馆子吃饭,由他作陪翻译。他用中文拿艾伦开涮,艾伦瞪眼珠子咧嘴直乐,好像全听懂了。他把警察镇压的消息告诉艾伦,艾伦立即发表声明。在纽约有各式各样的秘密社会。而W自甘与那些社会边缘人为伍，伸张正义，说明他天生反骨，这大概是他当年加入"星星画会"的内在原因。纽约作为一个相对开放的社会，为其反叛的激情提供了发泄的可能。

后来听说他回国了，发了财，成了北京的大古董商。这倒也不稀奇，商业化最终会消解一切。而古董市场肯定也是个秘密社会，以他在纽约练就的胆识，足矣。

三

迈克（Michael），纽约人，现在住布拉格，前两天来纽约出差，哥伦比亚大学历史系毕业后，步庞德和艾略特后尘，他搬到伦敦，娶妻生子，一陷二十多年。前几年他又搬到布拉格。今年布拉格国际作家节请阿瑟·米勒（Arthur Miller）参加，作为作家节主席迈克得亲自出马。于是由英国《卫报》（*The Guardian*）和布拉格市政厅资助、美国国际快递公司（DHL）包邮递、全球化电讯（Globalone）免费提供手机、瑞士航空公司（Swiss Air）出机票，把一个老纽约包装好，送回故乡。

他要我帮他订旅馆。纽约旅馆贵得离谱，而他的预算有限。找来找去，那点儿钱只能住在家庭旅馆（B+B），位置不错，在格林威治村。

我搬到纽约后，迈克曾在电话里说："你的住处离我出生地只有两三个路口，你应该去看看我的摇篮。"叮当一响，迈克到，带着他那典型的微笑。他从布拉格带来六个粉红色水晶小酒盅送给我，还带来本届作家节的小册子，封面是捷克画家的半抽象油画，由大大小小的圆圈组成，全都是坟墓。迈克叹了口气，随后指后排的一个小圆圈说，那是他的。

两天后的下午，我们约好去朋友家做客前先找个地方坐坐。出了地铁站，我打电话让他下来。迈克出现在蒙蒙细雨中，黑呢大衣，头发稀疏蓬乱。"看，这是我的纽约。"他张开双臂说。其实这早就不是他的纽约了。他多愁善感，在缅怀那逝去的一切。而真正的纽约人拒绝温情，都是冷酷生活的证人。他告诉我住处还行，主人挺热情，只是他的卧室没有窗户。没有窗户。我想象他面壁独坐黑暗中，纽约在墙后大放光明。

我们在一个咖啡馆坐下来。这里陈设古朴幽雅，精心但不刻意。顾客多是本地人，一个女大学生在旁边桌上做功课。"纽约变了。以前纽约的人是不谈钱的，"迈克呷着浓咖啡，闭着眼睛说，"如今一切都是赤裸裸的。"他告诉我，他在纽约没有亲人，跟在迈阿密的继父也不再来往。他母亲死后，他写信给继父，只想要母亲喜欢的钟做纪念。他继父却偏偏把那钟卖了，寄给他一笔卖钟的钱。

我给他的女友买了件咖啡馆自己的T恤衫，并在一张梦露的明信片上给她写了几个字。我知道，迈克喜欢这方式。出门我不禁打了个哆嗦。一个以泪解乡愁的纽约人，四处漂泊，却连个代表过去的纪念品都没有；好不容易回到故乡，居然住在一个没有窗户的房间里。

四

纽约出租车全都包给第三世界特别是来自战乱贫困地区的弟兄们，他们开得像打仗应在情理中。科索沃战争期间，那天让我赶上的司机是刚从前线下来的塞尔维亚人。只见他猫着腰，急速转动方向盘，躲来闪去，显然在避开炮火。那是战争经验的延续。他两眼发直，脸上既焦虑又得意，准是有种深入敌后的感觉——直插美帝国主义心脏。

有的出租车司机目标很具体。有一回坐车，司机是从土耳其山沟来的中年农民，从后视镜能看见他忧郁的眼睛。他的最大愿望就是攒钱买辆好车，衣锦还乡。他仔细向我打听各种车的性能和价格，高不成低不就，好像我是车行老板。亏得我也爱车，趁机卖弄我那点儿知识。他暗自拨拉一遍小算盘，断定自己明年就能回国了。他恨纽约。他咬牙切齿地说，纽约是地狱。

跟纽约出租车司机聊天要避免卷入政治宗教之类的话题。那一天头上包布满脸胡子的印度司机收工回家把我捎上。他马上要下班了，心情愉快，跟我东拉西扯。他来自孟买，在纽约开了十五年出租车，全家老少都搬到纽约。他说他的收入相当体面，都是现金，没有税务的问题。我提到萨尔曼·拉什迪（Salman Rushdie），那个被伊朗追杀的印度小说家，以为是他们民族的骄傲。他一听这名字破口大骂，用尽所有的英文脏话。他准是个虔诚的伊斯兰教徒。我及时闭嘴，否则非得被他赶下车去。

我有个美国朋友是个老纽约。有一回搭出租车去肯尼迪机场，随口问司机从哪儿来。司机一下火了，用浓重的外国口音说，从哪儿来从哪儿来，每回人都这么问，可等他说出自己国家，没一个知道。我的朋友说让我试试。司机说那好，我说出国名你说出首都，这趟算我的，否则加倍收费。成。司机说阿尔巴尼亚。他不仅说出首都地拉那，还提到阿尔巴尼亚一个男高音的名字，可把司机乐坏了，下车时怎么也不肯收费。

前两天我去华盛顿广场附近的小剧场彩排，拦了辆出租车。司机是个白人，仪表堂堂，像即将离休的哈姆雷特。他叫罗维斯（Lovis），话剧演员，是六七十年代活跃在纽约的街头戏剧的骨干。他对中国一往情深。父亲是抗战期间美国"飞虎队"的队副，但不许他去中国旅行。说到大选，他骂布什是白痴，代表美国军火商的利益；说到纽约房租，他骂市长是黑社会老大，这个黑社会由三种人组成：律师、银行家和房地产商。下车时我们交换了电话号码。他最后告诉我，等他从革命大潮退下来，发现这社会已无他容身之地，只能开开出租车，偶尔客串一下。"你还没醒过来，这世道他妈的早就变了。"他说。

五

田田不喜欢纽约。她前不久到纽约来看我，住了半个月。一个在北京长大的孩子，在加州乡下小镇住了五年——从小学五年级到初中毕业,去年夏天又转回北京上高中,其内心困惑可想而知。住加州时想北京,真搬回北京她又失望了。这孩子念旧,她想念加州的同学,但并不喜欢美国,她将来要搬到一个陌生的国度去。十六岁是一个苦闷的年龄,再加上跨国迁徙文化位移家庭震荡青春躁动,要处处小心才是。

田田睡在客厅的沙发上。大概由于时差或对纽约的拒绝,她每天上午昏睡不醒,一到晚上来了精神,上蹿下跳满屋飞,让我眼晕。客厅的柜上有个老座钟,想必停摆了很多年,零件早就锈死。田田从来不戴手表,大概在北京和纽约之间获得某种参考时间,她没事儿就去鼓捣那座钟,拨动时针摇晃钟摆,可走不了几下就停了。

在我看来,到纽约就要登高。我要带她去帝国大厦。她反问:"为什么去帝国大厦?""那儿高。""还能比山高吗?"这下把我噎住了。好吧,那就去中央公园。"为什么去中央公园?""那儿大。""到底有多大?"我比画半天,最后找出纽约地图。"才这么丁点儿,"她蔑视地吐了口气说,"算了吧。"最后我只能陪她逛搜活(Soho)。一进那种青少年的服装店,嫌我丢人现眼,她约好见面的时间地点,几句话把我打发走。

我们带田田到Q大姐家去做客。Q大姐的丈夫彼特（Peter）是德国犹太人，全家死在纳粹集中营里，只有他逃出来。他在纽约做了多年的心理医生，可每周还要自己花钱去看心理医生。他们住中城东边的一座现代公寓楼。一进门，大理石光可鉴人，门房穿戴如将军，很容易迷失在那些镜子中。他们家一尘不染，雪白的沙发雪白的地毯，聚光灯投射在墙上一幅幅抽象画上。

"简直像个五星级宾馆。"田田吐吐舌头说。

Q大姐做了一桌地道的上海菜。彼特的脑门奇大，像个老寿星。他会怪腔怪调地说几个中文短语，比如"拉关系"，嘲笑自己"搭错了筋"。我们带来两瓶法国红酒，喝得提心吊胆，生怕滴在脚下的白色地毯上。晚饭后，彼特取出他们最近在中国的照片。他事先警告田田，他是有毛病的人，必须戴上橡胶手套才能看相册。我正给田田照相，她伸出一双手，同时捏橡胶手套装成另一双手，向我挥动。

英雄所见略同：彼特提议带田田登高去看纽约的夜景。她后来告诉我，楼顶中央有个露天游泳池，天气冷，上面盖帆布。她想走过去看看，"搭错筋的！"老彼特突然在背后大喝道："不许动！你、你再往前——走一步，就是死!"

六

G有个普通的汉族姓氏,因祖上满族正黄旗,为维护正统,他想改回去姓皇族的姓——那拉氏。据说上两代,他家某某曾是北京卫戍区司令,可信。若再往上多数几代,我猜则多半是攻城的,是逐水草而居的游牧民族。要不他怎么当年能从北京直奔荷兰,又从荷兰杀到美国?南征北战,其中必有血液的召唤。

他是"星星画会"最年轻的成员。他那时年仅十八岁,眼睛明亮,一脸憨笑。记得"星星画会"在北海公园办画展,他帮大家挂画,话不多,忙上忙下。当年那个明朗的北京小伙儿,待1988年秋天在纽约重逢,一晃变成了阴郁的纽约人。他俨然以东道主的身份,开车陪我们到康州的海边去玩,逛哈林区(Harlem),在中国城请客吃饭。

我1993年搬到美国,G的故事有点儿离谱了。在画画搞实验电影的同时,他投身华尔街,摇身变成了生意人。更邪乎的是,据说他同时有两个老婆,不久又生了两个闺女，年龄相差没几天。我打电话去问，他一乐，不置可否。依我看这也没什么，古已有之，再说那不正是多数男人的梦想嘛。让我奇怪的倒是，怎么以前从未觉察到他的疯狂。

自打我搬到纽约，我们周末常在一起喝酒。他喜欢苏格兰威士忌，不兑水不加冰块，干喝。微醺时他总要挑起一些形而上的话题，且用英文，直到先把自己说糊涂了为止。他笑起来挺费劲儿，多半是未完成的，支离破碎。

他性格中有很多对立的东西。他既疯狂又自我压抑，厌倦名利又渴望成功，待人诚恳又过于苛刻，既暴烈又脆弱。他在西方受教育，但骨子里是地道的中国人。他无疑是个怪人，怪人只能住纽约那林立的高楼之中。前两年他搬到与曼哈顿隔岸相望的新泽西州。这一回可搬坏了，其纽约人的内心受到了重创。这多少在他的一组画中反映出来：形同废墟的建筑物梦幻般地呈现在平涂的单色背景中，无限寂寞。他开始在家里养鱼，而且专找那些丑陋古怪的热带鱼，养在自己心头，韬光养晦。

他最近画风大变，画了一批疯马，横眉立目，鬃毛倒鬈，犹如他本人的自画像。我很喜欢，从中选了一张做我英文诗集《在天涯》（*At the Sky's Edge*）的封面。我突然意识到，我跟他在性格等诸多方面南辕北辙，但也有共同之处，那就是内心的疯狂。在某种意义上，疯马的对应物就是天涯。这么说来，我们在纽约相逢不是没有缘由的。

七

星期六上午，G开车到曼哈顿捎上我，过桥进入皇后区，上四九五号高速公路。不少纽约人去长岛度周末，车多，走走停停，到水磨房镇（Water Mill）已下午1点。我用手机先通风报信，S站在路的尽头，那头灰白头发像信号旗在飘扬。

我们是在一本国际刊物的发布会上认识的。我早到了一个钟头，孤魂般在大厅转悠。终于有人出现，斜插过来跟我握手，他就是S，以前从未谋面。我请他帮我朗诵我的诗的英文翻译。会后我们应邀共进晚餐。分手时互留地址，他约我到他的乡下别墅做客。对纽约人的这类承诺不必认真。一个月后他打电话来："还记得吗？对，是我。"

窗外海天一色，鸥鸟齐飞。他的夫人詹（Jane）随和善谈，是退了休的社会学家。S七十多岁，诗人兼出版商，但靠的是艺术收藏和交易。他专门经营意大利、西班牙的古典名画，和各个博物馆打交道。我问他是否靠家族遗产。他摇头说，他是从零开始的，最初的知识得自于以前的女友，她是个意大利画家。说这话时，我们坐在客厅，夕阳平射在他脸上，他眯起眼睛，满面倦容。长时间的沉默，直到阳光悠然滑走，他陷入昏暗中。

第二天上午我下楼时他在书房。他说他五点起床，正在看一本昆虫学的书。

一周后又接到S的电话，这回是在他家设宴。他住河谷镇（Riverdale），离曼哈顿仅十几英里，是有钱人躲避都市喧嚣的好去处。他的豪宅坐落在哈德逊河边，视野开阔。从阳台望去，在变化微妙的光中，天空河水丘陵层次分明。他家是个小型博物馆，几乎都是文艺复兴的名画，包括伯尼尼和戈雅的重要作品。

今晚的主要客人是美国桂冠诗人库尼兹（Stanley Kunitz）及夫人，分别坐在长桌两头。S雇了几个人打下手，由他亲自掌勺。坐在库尼兹旁边的是个患艾滋病的女诗人，眼神扑朔迷离，但有一种正视死亡的坚定。我和S坐在库尼兹夫人两侧。她九十五岁，说起话来像个孩子，天真不连贯。她请人在她的红酒里兑点儿水。"这回好多了，"她呷了一口，对我说，"我看这儿的客人都很模糊，只有声音是熟悉的。"

S今天很健谈，从意大利人的性格讲到昆虫的生活。他认为昆虫有自己的世界，做爱做到昏天黑地的地步，那是一种幸福，人类不能理解的幸福。他有一天醒来，发现两只蝙蝠正在他胸口上做爱。"我怕蝙蝠。"老夫人说。S又讲到蛇的爱情，老人扮了个鬼脸说："我怕蛇。"

八

去迈阿密晒了半年太阳的老夫妇马上要回来了，我们得从他们的单元搬出，临时住到朋友家去。要说这单元还算宽敞，但惨不忍睹。棕黑色家具丑陋笨重，好像跟随老夫妇多年后决心长在那里；两个并排面对电视的单人沙发，加上那停摆的座钟，代表了退休者的生活格局；墙上挂满廉价的商品油画和旅游明信片，如窥视浮华世界的大小窗口。我们不得不用色调明亮的布和地毯，以及从画家朋友那儿借来的画尽可能地覆盖一切。

这个单元在上城中央公园西侧的一栋三十二层公寓楼

里。住在里边的都是穷人,若无政府的住房补贴,谁也不可能居留在这寸土寸金的曼哈顿。我们的邻居多半是黑人。在电梯那狭小的空间和短短的升降时间里,打声招呼,最多三言两语,说说狗、天气和孩子,然后目光错开。别瞧纽约人直眉瞪眼,其实什么都没耽误,仅一瞥,点点滴滴在心头。若碰见话多的肯定有毛病,最好躲远点儿。

在纽约,街区(neighborhood)是个重要的概念。这让我想起老北京。哪个饭馆实惠啤酒没兑水,哪个副食店的肉好菜新鲜,哪个居委会老太太最刁钻,以及去哪个煤铺拉蜂窝煤到哪个派出所领粮票,全得门儿清。在纽约也差不多。我知道哪个看门人和气,哪个服装店售货员漂亮,哪个路口车少,哪个小铺的啤酒种类多且便宜……纽约自有它的方便之处,各行各业均有二十四小时服务。可以想象有相当那么一拨夜猫子,昼伏夜出。

流浪汉也多半跟街区共命运。每回去银行,拉门的总是同一个老头,彬彬有礼,外加美好的祝愿;而副食店门口永远戳着同一个恶煞,若不给钱,必招来一顿劈头盖脑的臭骂。好在人们习惯了政治家的赞美和老板的诅咒,见怪不怪。每回晚上我经过百老汇和七十八街之间,几乎都能见到那个瘦瘦的男人,躺在路边的铺盖上,掌灯夜读,用的是个钢笔手电筒,周围大包小包估摸塞满捡来的书。那精神让我惭愧。

我出门基本有条固定路线,先去八十六街和百老汇拐角的花旗银行取钱,顺手在旁边报亭买份报纸,沿百老汇走到八十三街左拐,穿过一个路口进邮局,办完事在那街角买束花,沿阿姆斯特丹大道折回,在八十五街的副食店买菜,再到隔壁酒店拎上两瓶红酒,然后经过一个红砖教堂回家。赶上刮风下雨,我会躲到马路对面去——整个路口都被脚手架覆盖。

九

我们搬到西村。西村是格林威治村的一部分,也是其传统意义上的心脏。E和家人住在那种纽约典型的排房里,独门独院,楼梯嘎嘎作响,勾连三层楼及地下室,后院窄小,有竹林摇曳。建于1929年,作为这条街最古老的房子,曾是分割成四十个鸽子笼般的寄宿宿舍,几易其主而翻修改建,十四年前被E买下,融入他的性格和趣味。他每天早起头一件事就是把塑料喂鸟器装满,再挂回树叉上，鸽子麻雀已在竹林扑腾，跃跃欲试。然后他就咖啡读《纽约时报》，雷打不动。这时邻居家的女高音在麻雀声中高歌，怪吓人的，尤其那音阶练习好像攀登云梯，让人提心吊胆。

荷兰人当初买下整个曼哈顿岛时，这里还是片鸟飞兽走的林地。英国人占领后，英军舰队司令买下三百英亩烟草种植地，在哈德逊河边安家落户，他临死前命名其庄园为格林威治。1822年，瘟疫横行，人们为了河边新鲜的空气搬来，这个偏僻村落渐渐变成繁华的市镇。十九世纪末，赶时髦的有钱人急忙奔新兴的中上城，途中的格林威治村被遗忘，荒下来。于是艺术家和反叛者搬进来，而当地信教的意大利、爱尔兰和德国移民，被他们波希米亚的生活方式及异端邪说吓坏了。

1916年某天，一帮年轻人在酒吧喝了个通宵，爬到华盛顿广场的拱门顶上，大叫大喊，宣布成立自由共和国——新波希米亚。他们说什么也不肯下来，直到市长答应了这一要求。格林威治村曾一度以"小波希米亚"风靡全国。

上世纪五十年代后期，"垮掉一代"的诗人从各地而来，形成第一波的冲击。到了六十年代，波普艺术、先锋戏剧和摇滚乐接踵而至,加上大麻,构成了波希米亚生活最后的时光。一直持续到七十年代,被以同性恋自我认同为标志的性革命所取代。八十年代里根的经济政策使房价飞涨,艺术家被逐到东村和别的地方。

中午 E 从顶楼的书房下来,我问他的写作进行得怎么样,他讲了个福楼拜的故事。有一天吃午饭,福楼拜走出书房,客人如是问,他说他只写了个逗号;晚饭时客人再问,他说他把那逗号涂掉了。

十

1970 年 3 月 6 日,西村的西十一街十八号发生爆炸,"气象员"地下组织(Weatherman Underground)的三名成员在制造炸弹时不慎引爆,被当场炸死。另两个姑娘幸存下来,赤身裸体跑到隔壁的电影明星达斯汀·霍夫曼(Dustin Hoffman)家,跟他妻子借了衣服,躲进地铁,在地下生活了很多年。其中一个后来自首,从轻发落;另一个再次卷入别的地下组织的生活,被捕后处以重刑。

"气象员"来自美国著名歌手鲍勃·迪伦(Bob Dylan)的歌词,"你用不着气象员告知风往哪儿吹"

(You don't need a weatherman to know which way the wind blows)。它的前身是一个全国性组织"民主社会学生联盟"(SDS)，成立于1960年，随美国的人权运动和反越战的抗议示威发展壮大，也越来越倾向暴力。1969年由于观点分歧，它分裂成若干团体，其中最激进的就是"气象员"。该组织在纽约的成员主要是哥伦比亚大学的学生。他们是激进的毛分子，主张通过武装革命来打消美帝国主义的气焰。

E告诉我，他有个同学就是"气象员"的成员，后来成了英文教授。在他们看来，私有制是万恶之源，甚至连衣物都会导致私有观念。他们进屋全要脱光，衣服集中在一个大纸箱里，出门时随便穿一件。可每个人尺寸不同，穿戴必然很怪。由于"气象员"在英文中属阳性，和妇女解放相抵触，后改名为"气象地下组织"(Weather Underground)。

从1969年"气象员"成立以来，其成员纷纷被捕送上法庭。1970年6月9日，即在西村的事故后三个月，纽约警察局被炸；7月27日，美国银行(Bank of America)在纽约的分支机构被炸，"气象员"发表新闻公报，承认是他们所为……

5月应是绿肥红瘦,却乍暖还寒。和一个从德国来的朋友约好,一起逛格林威治村。蒙蒙细雨,穿过曲折小街,先去了狄兰·托马斯喝死的那家"白马"酒馆(White Horse Tavern),又去了世界上最早的同性恋书店,今天周末,要等中午才能开门。我们来到华盛顿广场。西北角有几张镶棋盘的石桌,多数空着,有个老头摆好棋子,拿出定时器,等待对手的到来。穿过广场,沿第六大道拐进西十一街,终于找到十八号。

这栋三角形的现代化建筑是1978年重建的,夹在老房子中,似乎故意突出某种不协调。这是个普通的星期六的早上。一个父亲在门口逗弄小男孩,另一家人正迎接客人,或告别。有谁还会记得三十一年前的爆炸事件?在那些"气象员"中,死者永远年轻,生者和我年龄相仿,都来自六十年代的造反运动,并留有那个时代的烙印。如今,风向早就变了。我想起鲍勃·迪伦的歌:"你用不着气象员告知风往哪儿吹。"

十一

1974年7月13日,一艘油轮停靠在费城德拉河

(Delar River)码头卸油,见习船员X和伙伴乘出租车到附近的小镇,他另付了一百五十美元,出租司机换了辆自己的车,一直把他们拉到纽约。他1950年出生在台湾屏东南州,自幼爱画画,在妈祖服了三年兵役。他"跳船"蓄谋已久,是为了到纽约闯天下。

我是在朋友家的聚会上认识他的。他小个儿,黝黑,但眼睛特别,直愣愣的,有一种藏得很深的忧伤。陪他一起来的女人跟他正好相反,又白又高,高出他大半头。他们靠墙角喝酒聊天。主人把X介绍给我,说他是著名的观念艺术家。高个女人纠正说,是世界级大师。你好,大师。酒尽人散,大师要开车送我回曼哈顿。他开的是辆后车厢加盖的小卡车。那女人后我下车,于是窝进窄窄的后座,手脚支出来。

X车开得稳,不像刚出道的艺术界的怪人。当时作为画家的家属,我也跟着啧啧称奇。

我们约好再去喝一杯。到西村停好车,那女人被解放出来。先进一家酒吧,女侍态度恶劣,每人非得买两杯才能坐下,岂有此理。又换了一家,坐定。他相当内向,自有一套语言系统,不易进入。我琢磨一个人独处久了,他人已不重要——虚无之墙的投影而已。

到纽约后,他边打工边琢磨自己的走向。他早期作品有自残倾向,比如跳楼钻粪坑,把腿都摔坏了。一瘸一拐地摸索,终于开了窍,他连续做了四个为期一年的作品。

从1978年至1979年,他自我监禁在一个十平米见方两米多高的笼子里。一年期间,不交谈,不读写,不听广播,不看电视。那年头我和朋友想方设法避开牢狱之灾,人家倒好,先把自己关起来再说。他进笼子那天由律师贴了封条,出来时再启封。每日三餐是由一个朋友送的。对伙食不满,他只能摔碗抗议。他以床为家,到余下的地盘散步算作出门。他每天在墙上画一道——整整三百六十五道,早画了还不行,剩下的时间显得太漫长。在他看来,每个人都有自己的笼子,只是往往意识不到而已。

从1980年春天起,他把自己关进同一个笼子,穿工作服,每小时打卡一次,持续了一年。为了精确,他买了台日本打卡机,与手表和高音喇叭串联,每小时差三十秒响一次。和头一年那种半冬眠状态正好相反,他成了世界上最忙的人,每天打二十四次卡。他说,打卡打久了,就像瘸子走路变得自然而然。在他看来,人所做的一切都是在消耗有限的生命,而所谓时间是无限的,在打卡时他强烈感觉到生命与时间的荒谬关系。

第三件作品是从1981年夏天起在户外生活一年，不进任何建筑物、地下道、洞穴、帐篷、汽车、火车、飞机、船舱等。他背个睡袋，与纽约街头的流浪汉为伍。比流浪汉强的是他兜里有钱，能填饱肚子，但不能像他们那样钻进地铁、桥洞或废弃建筑物睡觉。那年纽约的冬天奇冷，低到零下三十八度，他把所有衣服都穿上，烤火取暖，一躺下就会被冻死。人比自然更恶。有一回他在一家工厂附近喝茶，老板连打带骂赶他走，他掏出护身用的三节棍。警察来了，他拿出报道他的报纸，蒙混过去。不久那老板在街上看见他，又叫来警察。这回可不管什么艺术原则，先关十五个小时，还要判刑。他花钱找来律师。开庭时，法官同意他留在室外。律师的铁嘴铜牙加上法官的同情心，最后把他放了。除了那十五个小时，他孤狼般在户外生活了一年，成了人类文明的旁观者。

从1983年7月4日即美国独立日那天起，他和一个美国女艺术家琳达（Linda）用根八英尺长的绳子互绑在腰间一年，双方身体不能接触。洗澡上厕所在一起，出门遛狗接受采访会见各自朋友也得在一起。一旦吵起架来比较麻烦。有一回他正洗澡，琳达发脾气要冲出去，差点把他光屁股拖出门外。和平共处时，他们俩一起打工挣钱，一起去教书，一起坐飞机到别的城市演讲。由于完全没有隐私，在1984年独立日分手时，两人几乎到了彼此憎恨的地步。

从1985年到1986年，他坚持不做艺术、不看艺术、不谈艺术一年。从1986年12月31号他的生日起，到二十世纪的最后一天，整整十三年期间，他虽然做艺术，但不发表。在我看，这后两个声明是多余的：将军退休了，就不必再言战事。他结了两次婚，又都分了手。他告诉我，他现在忙着装修他在布鲁克林的房子，准备请世界各地的艺术家来免费居住创作。

十二

每星期三中午我坐九号地铁到宾夕法尼亚火车站（Penn Station），先买一份《纽约时报》，然后搭乘12点15分开往长岛的郊区火车。在车上我把报纸翻过来掉过去，被另一种语言所遮蔽的事件弄得昏昏欲睡，直到播音器吱吱嘎嘎响，我戴花镜冲出车门，一片茫然，再随众人涌上另一辆日本造的双层火车，爬到二层，把报纸扔在一边，看窗外风景。离开纽约，空气越来越新鲜，到处是树林、坡地、溪流和一闪而过的白房子。下午2点5分到达石溪（Stony Brook）。

搬到纽约不久，经朋友介绍，我稀里糊涂找份工作——在纽约州立大学石溪分校英文系教一个学期的诗歌创作课。由于交通不便，课都集中在星期三。就我这英文水平，若让我反过来当学生肯定不够格。我心想，在美国撑死胆大的，饿死胆小的；再说诗歌本来就说不清，用另一种说不清的语言也许更好。头一天上课，我真有点儿上刑场的感觉，头皮发麻，身上冷飕飕的。

我的课从4点到6点，外加三个钟头的辅导课，说得我理屈词穷，累得我灵魂出窍。在美国大学，老师比学生更怕性骚扰：办公室永远敞着，相隔一米，还得尽量提高嗓门儿。送走最后一个学生，锁上门，我裹紧大衣，哆哆嗦嗦穿过楼群和停车场，好歹赶上8点40开往纽约的火车。除了换车时买包土豆片充饥，我真恨不得睡到世界末日。

我的学生多是本地人，没有纽约人的那种精明和神经质。要说也怪了，这儿离纽约不到一百英里，不仅地貌甚至连人种都变了。迈克（Michael）赤红脸膛，满脸络腮胡子，头发蓬乱，潦草得像一张未完成的肖像速写。他嗓门大，一会儿叫我"教授"，一会儿叫我"船长"。每回课间休息，他高喊"热狗的时间到了"，冲出门去买热狗。他告诉我，他刚跟女朋友吹了，现在有两个候选人。听那口气他本人就是白宫，看哪位候选人有资格进来。他每周在报亭打工三十个小时，比美国总统对世界的局势还了如指掌。他既信天主教又渴望革命，跟他的诗一样混乱。

安娜（Anna）是个白净的女孩子，一说话就脸红，在课堂上总是静悄悄的。她起先成绩平平，到后来竟写出一些惊人的句子，让我这个当老师的颇有些沾沾自喜。克里斯蒂娜（Christina）是个五十多岁的职业妇女，是这儿艺术系某教授的夫人。她来上课，纯粹是因为热爱写作。她无疑是全班最勤奋的学生，一首诗往往改上十几遍，可进步不大。她是那种富于幻想的女人，诗歌正好帮她飞翔，飞向美国中产阶级那单调刻板的生活以外。我们之间似乎没有性骚扰的问题，可以关起门来无话不谈。

冬去春来，通往火车站的小路从积雪中显露出来，被阳光晒干。我理直气壮走着，迎风用手机满世界打电话。

十三

纽约人的内心其实是极孤独的,只要看看他们的眼神就知道了。一般来说,除了神经有毛病的,他们从不直视别人,在人口密度这么高的地方,也真难为了。比如在地铁车上,为了躲避目光碰撞,他们要不看书看报,要不闭目养神,要不干脆把目光悬浮在空中,梦游一般。这本事,恐怕得花好多年工夫才能练就出来。当然要有个把绝色美女出现,男人们会醒过来,混浊的目光像雾中的灯一闪,但绝不像我这样的乡下老鼠直眉瞪眼,而是用余光悄悄跟踪,漫不经心,甚至有点儿倦怠。好像在说,那又怎么样?别烦我。

曼哈顿的单身贵族特别多。这道理很简单,单身是保持孤独的最佳方式,没配偶没孩子,省得啰唆。除了访亲会友,他们会多半在家一个人吃晚饭。打个电话到附近中国餐厅订外卖,一份咕咾肉外加酸辣汤;要不干脆对付对付,就干酪,啃昨天的干面包。目光像苍蝇在四壁游荡,一不留神落进墙角的蜘蛛网里。偶尔也说说话,跟自己。据说在纽约吃抗抑郁药的比例特别高,这也难怪。

若两个孤独加在一起，必有新的麻烦。有一回从肯尼迪机场飞巴黎。一上飞机，我就发现自己的尴尬处境：正好坐在一对纽约夫妇中间，女的邻通道，男的靠窗口。我马上提出换座位，人家不干。起初我还以为感情有问题，拿我作挡箭牌。没有的事儿，老两口亲热得很，一口一个"亲爱的，我的甜心，我的宝贝儿"，让我直起鸡皮疙瘩。男的给女的找出拖鞋和小说，嘘寒问暖；女的藏起一小瓶免费红酒，留给男的在巴黎受用。更让我不解的是，两口子竟隔着我侃起来，从纽约的天气到巴黎的旅馆，从亲戚间的纠纷到股票投资。我再次提出换位子，遭到一致反对。我这才明白，这位子是人家事先挑选好的，让我为孤独作证。

其实孤独并非与寂静对应，它有自己的声音，这声音在纽约则被无限放大了。首先是那些警车救护车救火车，为引起足够的注意，不断提高音量，高入云霄。而那些单元里快憋疯了的狗，好不容易放到街上，为了向另一只狗致敬，非得用整个腹腔吼叫。轮到纽约人，要想再表达点什么，得多不屈不挠才行——他们扯直嗓门，说到一半被警笛打断，张嘴，只好把话咽了回去。

十四

W大姐在纽约中国文化圈是个中心人物,那真是"无心插柳柳成荫"。有人打破脑袋撒遍钱,名片印十八个头衔也没用。文化圈既有形又无形,不存在权力结构,故也不认一般意义上的权力。没有头头,只有中心人物。

曾几何时,纽约人才济济。1988年我头一次来纽约,赶上个聚会。有唱茶花女的、跳黑天鹅的、反弹琵琶的、话剧演正角的;还有红卫兵大款、文化掮客、舌头打结的侨领和半老半疯的业余女作者,外加身份不明者——如我。要说谁谁都面生,但全认识W大姐。她性情中人,好热闹,揽天下闲事,会八方来客;她办文学社,为诗歌刊物撑腰,组织朗诵会,收容流浪文人,穿针引线于撕碎的纸片之间。

她自打年轻时就写诗,又是个美人,台湾诗人群起追之。尘土飞扬中,被一个不言不语的台湾留学生得手,成婚,众人傻了眼。

糊涂可算得她优秀品质中的一部分了,对化解大都市的钩心斗角和人生的千古忧愁,百利而无一害。在美国留学,她稀里糊涂卷入美丽岛事件,上了国民党黑名单,流亡了二十年;她稀里糊涂当上北美某中文报纸文艺版主编,招揽天下长反骨的,这报纸后被切断财源,不得不停刊;好不容易歇两天吧,她又稀里糊涂被我裹挟进《今天》,当牛做马。

她大事糊涂,小事更糊涂。给外州读书的儿子寄隐形眼镜,到了邮局,顺手把刚买的汉堡包塞进纸盒。回家路上猛醒,赶紧给儿子打电话,再三叮嘱,千万别吃那个会变质的汉堡包。有一回,她满心欢喜到旧金山看朋友,下了飞机没人接,给谁打电话都不通。问警察,才知道自己坐错了飞机,飞到洛杉矶,离目的地差四百英里。她早上永远睡不醒,到曼哈顿时上班基本上处于梦游状态。若有熟人招呼声,她会大声警告说:"我还没醒,现在认不出你是谁!"

W大姐的微笑特别,在表达对人世间无奈的同时,又展示了某种宽慰,像护士在照料垂危的病人。和她在一起,不说什么,心里也会踏实多了。在某种意义上,作家都是病人,正需要这样的护士。

他们两口子当年在搜活(Soho)买了一层旧厂房(Loft),数年后翻了好几番,卖掉,搬到纽约上州。这一离开曼哈顿，想回来可就不容易喽。每回她都得掐指头掐表赶郊区火车。当年仗着年轻倒不怕，晚就晚一趟。如今大家兴致正高，她起身告辞，谁拦也拦不住。眼见纽约中国人的文化圈衰败了，肯定和这郊区火车的班次太少有关。

十五

在纽约一住半年多，没有老A的消息，听说他回国做生意去了，他那些故事倒常有人提起，那是纽约传说的一部分。老A上辈子肯定是个说书的，其杜撰演绎绘声绘色的天赋，无人出其右。若在太平年代，故事就是故事，说书的和故事保持足够的距离，台上台下共享叙述的快感。而他投胎于乱世，故事和自身经历搅在一起，说书的和听众兼于一身，忙得他上蹿下跳，顾此失彼。

我是1979年认识他的。那时我刚调进一家杂志社，跟他同事。他十三岁那年在天津被打成反革命，跳河自杀未果，跟父亲一起被发配到新疆，又成反革命，到处流浪。在西安要饭时，结识了公安局长的千金。据他说，每天都从那官邸后窗递出一张张热腾腾的烙饼，有一天突然变成火筷子,劈头盖脸——原来是局长大人发现了。

我认识他没多久,他的舌头得罪人了,遭到暗算,左眼被打得半瞎。自八十年代初起,他是我家常客。他的故事每回都有新发展,跌宕起伏,关键处他大笑,一抹嘴,戛然而止,起身——且听下回分解。我们请他帮个女孩找对象,先让他过过目。架不住当天下午一阵神侃,那女孩成了他老婆。

他有种处变不惊的本事。大年初一,他跟老婆闹别扭,只身到我家。我们刚买了只烧鸡准备过年,端出来招待客人。只见他一边诉苦,痛不欲生,一边抓住烧鸡麻利地啃,津津有味。我们眼睁睁的——烧鸡不见了,在悲惨世界的终点剩下一堆鸡骨头。

八九年的事就是让他不幸言中的。他也跟着跑出来,故事出现高潮,添了九仙过海和美女救英雄的新段子。先到巴黎,再搬到纽约,娶妻生子,但纽约生活贵,总得找点儿饭辙。他上唐人街一转悠,见有人挂牌算卦,前去讨教,水平实在一般。他本来就好这,再多读上几本书,那还得了?华人乍富,买房置地,心里总不大踏实,先请人看风水。A大师能掐会算,金口玉言,传出去,一发不可收拾。要先预约,好不容易排到了,车接车送,好吃好喝好招待，最后是红包。

那年我在纽约见到他，他都长横了，油光满脸，半瞎的左眼球鼓出来。但在表面的亢奋状态中，我发现他其实有某种焦虑：在那些顾客中他只是个说书的。钱倒是挣到了，但既没参与感，故事也没新高潮。总之，纽约缺了他也行。

这一页很快就翻过去。我有一天在《世界日报》看到一篇台海局势分析文章，署名是军事评论家A。接着又在电视的中文频道看见他，正在一个两岸军事专题讨论会上慷慨陈词。他告诉我，中南海和五角大楼都跟他秘密接触过，暗示第三次世界大战是否能避免，就看他了。

从风水先生到军事专家，其实不仅没有一般意义上的鸿沟，对我来说，甚至是顺理成章的，从古到今，先礼后兵：从八卦图到导弹封锁，和为贵。说得不耐烦了，直接进入故事——修身齐家治国平天下。

十六

纽约有个和高层建筑相对应的地下世界，如同影子之于巨人，黑夜之于白天。我想起一首流行歌曲的题目

"白天不懂夜的黑",原不以为然,再细想其实很有道理。若对纽约进行精神分析的话,这地下世界无疑是个关键。

和地面混乱不堪的交通相比,地铁代表了秩序,那是纽约极其坚韧的神经系统。只有下去走一遭,你才会明白,这个国际大都市为什么没发疯。在曼哈顿,其实地铁只有两个方向:上城或下城,按道理连傻瓜都不该迷路。在地面再糊涂,到地下就全都门儿清了。这有点儿像美国的两党制:民主党——下城,共和党——上城。大多数美国人的思维方式是单向度的,目标明确,黑白分明。有时候想跟美国人说清楚中国是怎么回事,可真把我难坏了。你说得越认真,他脸上越困惑,冷不丁问一句,能把你鼻子气歪了。没辙,"白天不懂夜的黑"。

纽约第一条真正的地铁建于 1870 年,是发明家比奇(Beach)先生设计的。他异想天开,用风作动力——大风扇照封闭的管道狂吹。模型先在一个博览会展出,引起轰动。再把模型变成真正的交通工具可就难了,除了技术问题,更大障碍是人,是操纵纽约政界的黑手——外号"大老板"。他不点头,没戏。于是比奇下决心用地下方式进行。他租了个服装店的地下室,工人们昼伏夜出,把挖出来的泥土在天亮前运走。神不知鬼不觉,只用五十八个夜晚，这长312英尺的风力管道地铁建成了，还居然带个120英尺长的豪华候车室，包括油画、钢琴和喷水池，目的是让幽闭症患者安心。1870年2月26日，比奇先生举行了隆重的通车仪式，把纽约震了。他接着宣布了他的计划：先通过一个公共交通法案授予他建造权，再私人筹资五百万美元，修建长达五英里每天运载二十万乘客的专线。纽约州众、参议院通过了这一法案。"大老板"急了，这直接影响到他从每辆公共马车获得的抽成。他的傀儡州长，想方设法否决了交通法案。这官司打了两年多，最后以比奇先生的失败告终，他只好把自己的地铁封起来。直到四十年以后，即1912年，工人在市政厅附近修地铁，无意中打通了那个静悄悄的候车室……

十七

M祖籍湖北，香港出生长大，到巴黎读书，考进联合国做口译，先在日内瓦，后搬到纽约，一住就是二十多年。她会说六七种语言，其中三种能同声传译。她做意大利饭，喝法国酒，读英文报，见什么人说什么话。有时候我纳闷，中文在她心里到底占多大分量？文化归属往往在潜意识中,比如,用什么语言数数骂人说梦话。说到底,凡在精神上说不清血缘关系的,都应通通算作"文化孤儿"。据说纽约一半外国人,其子女又占了四分之一——整个一个孤儿院。故"爱国"在纽约人的语调中是根本不存在的。

纽约是相遇的地点,把不同种族不同背景经历的人凑在一起。十年前,一个朋友带我到 M 家去吃晚饭。她住曼哈顿中城东边二十七层的一个玻璃牢笼里。一只鹦鹉居高临下打量着客人。鹦鹉叫"鲁克"(Look),它不停地用英文重复:"Look wants peanuts."(鲁克想要花生)那一晚,美酒佳肴钢琴曲外加黄色笑话。男人们几乎都在抽烟,女主人打开窗户,让风把一缕缕浓烟带走……

字母 M 在英文中绝对是阴性的:小姐(Miss)、夫人(Madam)、母亲(Mother)。她正儿八经是按传统路线一步步走过来的。如今很多女人要不省了某道程序,要不倒着来,要不干脆闹革命了——脱离这套系统。可惜我只见着做母亲的 M。她离婚多年,独自把两个男孩拉扯大了。在纽约这样的城市,青少年猛于虎,何况还俩,想想都替她发愁。直到多年后,俩孩子都离开上了大学,有一回我请她看电影,随便捡了个,没想到是关于青少年吸毒和暴力问题的。开演不到五分钟,她就受不了,说什么也得走。一路上她双手勾着双肩,怕冷似的。

我跟M同岁。我们经历完全不同,有一点相似,都是属候鸟的——热爱旅途中的生活。有那么几年她像发了疯,一得空就满世界飞。在联合国本来出差机会就多,但还嫌不够,自己掏腰包孝敬旅行社。纽约成了航空港中转站,她家成了旅馆,随时准备出发。她甚至会去巴黎度周末。星期五乘夜班飞机到巴黎,两个白天加秉烛夜游,累得半死,但没耽误星期一早上的班。

她一直盘算提前退休,搬到佛罗伦萨去。谁承想,多年的媳妇熬成婆,她升了官,成了联合国口译中心的总头,手下管好几百口子语言天才。说来我们每个人往往都事与愿违。我想起她家的鹦鹉:"鲁克想要花生……"

十八

飞机正点降落在纽瓦克(Newark)机场。今天星期二,即"九一一"事件后的第三周。通道上,几个荷枪实弹的国民警卫队大兵,阴暗地打量乘客。我拉着行李,到客运柜台买了张票。在汽车站等车的人沉默不语,似乎各有各的心事。车终于来了，连咳嗽带喘在机场兜了一圈，捞起些散客。除了后视镜中那司机的半张歪脸，全都是乘客的后脑勺。曼哈顿出现了。夕阳西下，世贸大楼像两颗门牙被拔掉，豁口处浓烟滚滚，直入云霄。我在四十二街的长途车总站下车，迷了路，终于拦辆出租车，直奔东村。

纽约人似乎一如既往，该干嘛干嘛，但细看去，他们脸上蒙了层阴影。到了晚上才自在些，大概是夜的阴影更重，让人喘口气。我们在街上散步。天气闷热，弥漫着一股焦煳味。街角或灯柱旁的一个个小祭坛，烛光摇曳，有失踪者照片和文字，散乱不经意。

我在纽约总共住了六个月，不长不短，算得上我生命途中的一站。我得承认，在这告别时刻，我多少有点儿喜欢上纽约了。这是个消耗精力的城市，年轻人喜欢它，是因为他们有的是精力，需要释放——在最小的空间蹦跳冲撞挤压流汗放血；老年人喜欢它，因为怀旧。我大概只能算后者了。精力消耗大必变化快，更新快变旧更快。要说纽约是个真正怀旧的去处，好像开车——朝前看，别回头，让心悬在那儿，对身后消失的一切心知肚明。

今年春天，我和一个黑人女诗人在曼哈顿一起朗诵。

记得她有关于纽约鸽子的诗，给我印象很深。要说鸽子，几乎每个大城市都有。但鸽子和鸽子的命运截然不同。比如巴黎的鸽子就舒坦得多。古建筑优雅开放，从游客的包到餐馆的垃圾，应有尽有；而萨拉热窝（Sarajevo）的鸽子则饱受惊吓，除了炮弹就是枪子儿，好不容易消停两天，还得忍饥挨饿，个个需要看心理医生。纽约的鸽子处境不同。首先是地势险恶，万丈深渊要先学会垂直起落，这打生下来就得学，没保险。还有那无数的玻璃陷阱，得学会识别闪避，否则一不留神非撞死不可。再加上废气、噪音和没长眼的汽车轮胎，虽说不愁吃不愁喝，但它们因其环境变得狭隘冷酷，并极有侵略性。其实鸽子本来就是相当凶残的鸟类，好勇斗狠，弱肉强食，自有其权力系统，和人类很像。但除了食物链相关外，它们和人类生活基本是平行的。它们是旁观者。当一只鸽子和你隔窗相视，它只是好奇，两只眼睛在迅速聚焦，捕捉你的尴尬表情，但它并不愿进入你的生活。

一天早上，两只金属大鸟先后插进曼哈顿两栋最高的大厦，引发了一场大火。巨响和热浪，让栖息在楼顶的鸽子惊呆了，它们呼啦啦起飞，在空中盘旋。

卡夫卡的布拉格

一

迈克在电话里叮嘱我:"别急,有人去接你,他很高,像个篮球运动员……"果然,一出海关就看见了,他举着牌子,头在人群之上浮动。他又高又瘦,一脸疲倦而温和的笑容。他叫斯坦尼斯拉夫(Stanislav),是音乐家,帮布拉格作家节接送客人。我们坐进他那辆老掉牙的斯柯达,点火,车连咳嗽带喘地出发了。他英文差,问我会不会德文。我说不会。他说他月底要到德国演出。我问他用什么乐器。他说了个德文词,用手比划。钢琴?不。管风琴?他拼命摇头。我问他一般都在哪儿演奏,他说主要是为病人。医院?不。疗养院?他拼命摇头。但愿不是殡仪馆,我心想。我放弃了对他生活中两个重大细节的好奇心,看窗外风景。

这是我第四次来布拉格。

1989年夏天我在西柏林。迈平夫妇开车从奥斯陆出发，把我捎上，再穿过东德进入捷克。过了边境，开进头一个捷克城市吃午饭。女服务员不会英文，我们用国际语言加俄文单词，点了可乐和匈牙利牛肉汤，好歹填饱了肚子。一结账，我们乐了，几乎等于是免费的，头一回体会到西方游客的优越感。

越过沃尔塔瓦河上的桥进入布拉格市区，天已擦黑了。我们把车停在繁华大街上，迈平给一个叫奥尔加（Olga）的汉学家打电话。她丈夫说奥尔加带孩子去乡下度假去了，欢迎我们到他家住。他是个建筑师，对布拉格了如指掌。我们晚上出去喝酒游荡，他带我们看老城广场边上的卡夫卡故居，指出在我们脚下有个巨大的矿脉。布拉格的美独一无二，特别是夜里，古老的街灯引导夜游者迷失方向。灯光下，阴影转动，回声跌宕，似有幽灵出没。我恍然大悟，卡夫卡的小说竟如此真实，真实得可以触摸。

那正是蓝丝绒革命前夕。马丁（Martin）是奥尔加在布拉格大学的同事，也是地下文学刊物《手枪评论》（*Revolver Review*）的编辑。他当时正忙乎秘密串联搞联名信，要把前国王的侄子推出来，恢复帝制。他也找我们签名，我不喜欢帝制，拒绝了。

四年后，《手枪评论》请《今天》在欧洲的编辑到布拉格开讨论会，还请来好管闲事的李欧梵教授。这两份当年的地下刊物1989年后的命运完全不同，一个名正言顺，一个扫地出门。我们先在《手枪评论》编辑部开讨论会。临走头天晚上，在一个中世纪的地窖为我们举办了诗歌朗诵会。散场后，突然一个天仙般的女人出现，马丁介绍说，这是《手枪评论》新任总编辑。她落落大方，在我们桌旁坐下，引起中国文学的一次骚动。她说她正在写一篇戏剧评论。李欧梵的脑门儿发亮，对捷克戏剧给予高度评价；张枣端着香烟，猛烈抨击美国霸权文化的入侵；只有迈平眯眯笑，话不多。我忘了我说什么了，肯定也语无伦次。我琢磨，一个由美女领导的刊物大概工作效率极高。若她向李欧梵约稿，必应声而至，用不着像我那样得磨破嘴皮子。

三访布拉格是1995年春天，我那时住巴黎，应迈克的声声呼唤自费参加布拉格作家节。迈克是我老朋友，纽约人。为了寻找诗歌的精神家园搬到伦敦，娶妻生子，一陷二十多年，日子清贫不说，保守的英国诗歌界根本容不得他。他是伦敦的卡夫卡。1991年他创办了布拉格作家节。那时迈克在一家英国公司听差，那公司主办一年一度的布拉格国际书展，捎带个作家节。那些人看起来个个都是迈克的老板，颐指气使，支得他团团转。

迈克总是带我去迪斯科酒吧，大概想让我看看布拉格的年轻人，感受一下青春气息。可那音乐实在让我肝儿颤，震得连酒杯都端不稳。那时迈克正闹婚变，又受尽那些英国商人的气，在强光灯的闪射下，他哭丧着脸。我叹了口气，管他叫"我成功的朋友"，这回把他逗乐了。他用浓重的伦敦腔骂道："我他妈的成功？成功个屁！"

二

弗兰兹·卡夫卡（Franz Kafka）于1883年7月3日生于布拉格老城广场旁的一栋楼房里。虽然他们几次搬家，但离他的出生地都不远。他的希伯来语老师引述了卡夫卡对他说过的话："这是我的中学，我们对面的那边的建筑是大学，左边再过去一点儿，是我的办公室。我一辈子"——卡夫卡用手指画了几个小圆圈——"都局限在这小圈圈里。"

卡夫卡出生的楼房于1889年毁于大火。1902年重建时，仅有部分保留下来。1995年，卡夫卡的胸像嵌在这房子外面的墙上。作为布拉格之春的先兆，卡夫卡终于被捷克当局接受了，称之为"资本主义异化的革命批评家"。

在卡夫卡出生头一年，卡夫卡的父亲赫曼·卡夫卡（Hermann Kafka）在老城广场北边开了个小杂货铺，先零售，后批发。卡夫卡在一封未发出的给父亲的信里写道："……而自从你让我处处害怕，对我来说店铺和你是不可分的，那就不再是个好去处了。首先让我又羞又恼的是你对雇员的方式……而你，我见识了你在店里叫喊、诅咒、大发雷霆，在某种意义上，我当时就明白了，这世界上到哪儿都无平等可言。"

在另一封给父亲的信中，他写道："你可以，比如抱怨捷克人，然后德国人，再就是犹太人，全面淘汰，最后除了你谁也剩不下。对我来说，你为莫名其妙的事大发脾气正如所有暴君把其法律建立在个人而非理性之上。"

1889年至1893年间，卡夫卡一家搬到名叫"片刻"（At the Minute）的楼房，他的三个妹妹都出生在这儿。后来这三个妹妹都死于纳粹的集中营。卡夫卡上的是一所德国小学。很多年后他在给朋友的信里记述了他童年的一次事件。

我小时候，有一回得到了六便士，非常想给一个坐在老城广场和小广场间的年老的女乞丐。我琢磨这恐怕是乞丐大概从未得到过的粗暴的数目，而我要做这么件粗暴的事，在她面前会多么羞愧。于是我把六便士换成零的，先给那女的一便士，沿着市政厅建筑群和小广场的拱廊转了一圈，像个社会改良家再从左边出现，给了另一便士，又走开，这样兴冲冲地反复了十次（或许少些，我相信那女人因失去耐心而离开了）。总之，最后我无论身体和道德上都垮了，赶回家大哭，直到母亲又给了我六便士。

在给同一友人的另一封信里，卡夫卡讲述了他每天早上步行到学校的细节。"我们的厨娘，一个又小又干又瘦、尖鼻塌腮、蜡黄结实、精力充沛且傲慢的女人，每天早上领我去学校。"上学的路上，厨娘总是威胁要向老师告状，历数他在家的"罪行"。同样的威胁重复了差不多一年。他觉得去学校之路如此漫长，什么都可能发生。"学校本来就是一种恐怖，厨娘非要雪上加霜。我开始恳求，她摇头，我越是恳求越是觉得我恳求的价值更大更危险；我赖在那儿不动乞求宽恕，她拖着我走；我威胁要通过父母报复,她笑了,在这儿她是至高无上的;我抓住商店的门框基石,在得到她宽恕前不肯动。我拖着她的裙子(这也给她造成麻烦),但她一边拖着我,一边发誓告状时罪加一等。眼看晚了,圣詹姆斯(St. James)教堂的钟敲响八点,可以听见学校铃声,其他孩子开始跑,我最怕迟到,我们也跟着跑,'她告状,她不告状'这一念头纠缠着我;事实上,她从没告过状,但她总是掌握似乎在不断增长的机会(昨天没告状,而今天我肯定会的),她从未打消这主意。有时想想看,米勒娜(Milena,卡夫卡致信的友人)——在小巷她气得跳脚,一个女煤贩子常凑在旁边看热闹。米勒娜,多么愚蠢,我怎么属于你,与厨娘、威胁及无数尘埃在一起,这三十八年尘埃飞腾,落在我肺里。"

三

某部委招待所就在老城广场附近,1995年来布拉格时我就住在这儿。房间还算干净,设备陈旧结实,电话最远只能打到楼下柜台,让人想到蓝丝绒革命前的社会主义岁月。看门的老头显然是打那时候过来的,昏昏欲睡，带着过渡时期笨拙的笑容。

我匆匆洗漱下楼，斯坦尼斯拉夫在门厅等我。我们交流有障碍，他比划说要去哪儿哪儿，我点头说是是。我们穿过老城广场，他停住脚，悄悄说史考弗瑞奇（Josef Skvorecky）在那儿，一脸崇敬。我只知道他是著名的捷克小说家，住在加拿大，星期四晚上和我一起朗诵。我被领到市政厅，出示请帖。一进门可傻了眼，人家全都衣冠楚楚——男的西服革履，女的长裙粉黛，只有我蓬头垢面，皮夹克牛仔裤球鞋，还扛个大书包，像个逃难的。没处躲没处藏，只好硬着头皮跟上了三楼，来到大厅。市政厅是布拉格一景，可上溯到十三世纪。七百年了，经历了多少朝代多少生死。

市长大人讲话，一口流利的英文。他拿迈克的小个子开玩笑。迈克接过这个玩笑，和他刚出版的诗集《消失》（*Disappearance*）连在一起。消失，多好的主题，在这个呈现的时代，恐怕没多少人懂得消失的含义。他的女朋友、作家节副主席伏拉斯塔（Vlasta）站在他旁边。她四十来岁，很苗条，热情外向。迈克提到捷克诗人塞弗尔特（Jaroslav Seifert）。今天晚上就是纪念他的专场朗诵会。迈克讲话时昂着头，闭上眼睛，好像在缅怀消失的诗歌和死者。

散场后,迈克跟我紧紧拥抱,并把伏拉斯塔介绍给我。我对迈克说:"你看,我早就说过了,你不是真的很成功吗?"

我喜欢在布拉格街头闲逛。往返于招待所和剧场,必经老城广场。正值复活节前夕,露天舞台围满了游客,摊贩在推销彩蛋、传统的木制玩具和水晶器皿。我去服装店,给自己打扮成正人君子,为对付每天晚上各国使馆的招待会,免得再丢人现眼。和五年前相比,布拉格变了不少,越来越商业化,到处是跨国公司名牌产品的广告。但看得出来,捷克人还是有一种自信,没在商业化浪潮的冲击下完全转向。满街都是漂亮的捷克姑娘,让我眼花缭乱。她们有一种不谙世故的美,这在美国西欧早就见不到了。现代化首先消灭的是这种令人心醉的美。

让我吃惊的是,那么多美国年轻人住在布拉格,甚至有自己的报纸刊物。迈克跟我解释说,这儿生活费便宜,他们可以逃避美国的生活压力。再说,布拉格像三十年代的巴黎,有人说是来寻找艺术灵感的。"可我怎么就没见一个成气候的?"迈克摇摇头,说。

他带我去看看他的办公室和家。我们离开旅游区,街上人很少，弯弯曲曲的小巷让我想起北京的胡同。迈克抱一堆书，梦游似的边走边说："你看，这个世界上只有伏拉斯塔爱我……我在布拉格根本找不到能深入谈话的人。在今天，谁还需要深入的谈话？一切都是表面的，光滑的，假装快乐的……捷克作家多半都是民族主义者，不喜欢一个老外当作家节的头头。到哪儿我都是老外。英国人更可怕，势利保守自以为是。要说纽约是我老家，可家没了，我怎么住得起那儿的旅馆……"

我从节目单上看到苏珊·桑塔格（Susan Sontag）的名字，她要和另两个美国小说家威廉·斯泰因（William Styron）、罗伯特·斯通（Robert Stone）在作家节"纽约，纽约"的节目中亮相。我跟苏珊有几面之交。她请我到她家做客，并约好出去吃晚饭。阴错阳差，让我给误了。

早上我查地图，终于找到"地球"（Globe）书店，每天上午在这里召开新闻发布会。书店以英文书为主，附带咖啡厅。几台计算机沿墙排开，是供顾客上网发电子邮件的，没有椅子，顾客只能像鸟一样站着，免得赖在那儿不动。我抽空钻过去，也想试着跟上这新时代，却不知道怎么用。请教旁边的美国小伙子，他麻利地用光标把我引进迷宫，一下卡住了，进退两难，顿时一身冷汗。

一个挂满照相机的人跟我打招呼。他自我介绍他叫若萨诺（Rossano），是作家节的指定摄影师。他毛发蓬松，眼睛跟镜头一样亮。他要给我照相，只能从命，跟他满街跑。他照相的方式特别，要不让我站在教堂前的石墩上像个受难者，要不把我关进电话亭像个囚犯。他来自佛罗伦萨，是个典型的意大利人，热情爽朗。为什么住布拉格？很简单，他娶了个布拉格姑娘，刚生了孩子。说到这儿，若萨诺长叹了口气。

记者招待会快结束了。咖啡厅挤得满满的。苏珊·桑塔格坐在主席台上，被记者的各种问题围追堵截，从科索沃战争到全球化问题。她刚下飞机，看起来一点儿倦意都没有，词锋犀利，得理不让人。等迈克宣布散场，我过去跟苏珊打招呼。好极了，她用手拨开滑到前额的一绺白发说。你看明天晚上怎么样？就我们俩，吃饭聊天，没有记者，没有采访，没有照相机。一言为定。

四

布拉格不肯走，也不让我们走。这个妈咪有爪子。人必须得排好队，或者，我们必须在维谢赫拉德（Vysehrad）和城堡两处点火，然后我们或许才能离去。

——摘自卡夫卡给波拉克（Oskar Pollak）的信

查尔斯大学创建于1348年，是中欧最古老的大学，1882年分成德国大学和捷克大学。卡夫卡于1901年在德国大学注册，他学习成绩平平。学法律对他来说是权宜之计，犹太人只能选择法律和医学这类务实的专业。

在给友人的信里，他描述了第一次性经验：

> 那时我们住在泽特纳嘎斯（Zeltnergasse）。对面是一家服装店，卖衣服的姑娘总是站在门口。我二十刚过，不停地在屋里走来走去，为应付头一次全国通考，整天忙于我看是毫无意义而且伤神的死记硬背。那是夏天，热极了，难以忍受。我在窗口，讨厌的罗马法历史总是在我牙齿间。我们终于通过手势联络上了，晚上八点我来接她。可我到的时候，另一个男人已经在那儿。唉，总是如此，我怕整个世界，也怕这个男人。而那姑娘从男人那儿抽出胳膊，做手势让我跟着。我们来到斯楚策宁瑟尔

卡夫卡的布拉格　55

(Schutzeninsel），在那儿喝啤酒，我坐隔壁桌子。接着继续溜达，我尾随在后，到了那姑娘在跳蚤市场附近的家。那男人离开了，姑娘消失在房子里，我等了一阵，直到她又出来。然后我们去了克莱恩塞特（Kleinseite）的一家旅馆。到旅馆以前，这一切迷人激动令人作呕，在旅馆里也没有什么两样。

凌晨，依然又热又美，我们穿过查尔斯桥回家。我，当然幸福，这幸福的含义仅仅在于我那呻吟的身体终于平息了。而最主要的，这幸福在于整个事情并没有更令人作呕，更肮脏……

1904年冬天，二十一岁的卡夫卡开始写《一次斗争的描述》的初稿。他在当时给朋友的信里写道："一本书必须是我们中间冻结之海的斧子。我相信这一点。"在这本书里，我——叙述者描述了他在夜里的漫游，和一个同学一起，穿过寒冷荒凉的布拉格。而他别的作品都没有像这本书那样，布拉格扮演如此中心的角色。卡夫卡通过夜游所涉及的布拉格的名胜古迹，除了少数毁于战火，和今天人们目睹的几乎没有区别。

查尔斯桥（Charles Bridge）是布拉格最古老最著名的

桥，跨越沃尔塔瓦河，连接老城和对岸。这桥的前身毁于洪水和解冻的冰流。1357年，查尔斯四世责成建筑师建起这座桥。

除了1890年有两个桥洞被洪水冲垮外，它从历代的战火灾害中奇迹般地幸存下来。

卡夫卡在1919年6月19日的日记中写道："和奥特拉（Ottla，卡夫卡的妹妹）一起。她的英文老师领着她。过码头，石桥，马拉·斯特拉那（Mala Strana）新桥，回家。查尔斯桥上的令人激动的塑像。桥在夜里空旷时奇特的夏夜之光。"他在致友人的信里写道：

> 每人心中的魔鬼在把夜啃垮，无所谓好坏，这就是生活：若无魔鬼，你不可能活下去。故你诅咒自己的是你的生活。这魔鬼是物质（从根本上极美妙的那种），已经给予了你，你现在非用不可……在布拉格查尔斯桥上，在一座讲述你的故事的圣像下面有一种解救。这圣人驱赶魔鬼耕地。当然魔鬼依然狂怒（因此有了过渡时期，只要魔鬼不甘失败），他露出牙齿，用扭曲阴险的表情回望它的主人，痉挛地缩回尾巴，而它被轭具所制伏……

五

我站在牛奶餐厅（Mlynec Restaurant）的落地窗前，灯火闪烁的查尔斯桥近在咫尺。这个咖啡厅过分奢华，有一股暴发户的味道。我在读一本英文版的书《弗兰兹·卡夫卡与布拉格》。作者哈若德·萨弗尔纳（Harald Safellner）。书的背面引了卡夫卡的朋友约翰尼斯·乌兹迪尔（Johannes Urzidil）的话："卡夫卡就是布拉格，布拉格就是卡夫卡。过去没有将来也不会有像卡夫卡一生中那个全面而典型的布拉格。我们，他的朋友们，'幸福的一小撮'……我们知道布拉格被包含在他作品那些最小的量子之中。"

布拉格作家节进展顺利。作家一个个上台下台，听众掌声起落，剧场挤得满满的又一下子空荡荡。如果卡夫卡还活着，一定会觉得作家节是件可笑的事，说不定会为此写部小说呢。今天整个的活动就叫"布拉格"，都是捷克作家，除了我，晚上我和捷克小说家史考弗瑞奇同台朗诵。我怎么被归入捷克作家的行列？这是迈克的主意。他告诉我，他原计划是安排我和哈维尔一起朗诵。

为此他前往总统府，而哈维尔的顾问借口不懂英文把他打发走了。后来有人对他说："你疯了？怎么能让捷克总统跟一个中国流亡者一起朗诵？"

下午在国家电台接受采访时，主播人告诉我，1968年苏联军队占领布拉格后，我们所在的这个第九号播音室由于位置偏僻，仍在发出反抗的声音。俄国人花了两天的工夫，最后才找到这儿。

今天晚上座无虚席，听众是冲史考弗瑞奇来的，他在捷克比米兰·昆德拉名气大得多。1968年苏军入侵后不久，史考弗瑞奇流亡到加拿大多伦多，在大学教书，并协助他太太办了一家"六八出版社"，专门出版在捷克的禁书。一个捷克学者告诉我，史考弗瑞奇流亡后，为捷克做了重要贡献；而米兰·昆德拉根本瞧不起他的祖国，自认为是法国人。

史考弗瑞奇得了重感冒，坐在后台，不停喝白兰地。他对我说，他老了，不适合长途旅行。他上了台，一边喝白兰地，一边先用母语后用英文朗诵他的小说《低音萨克斯管》(*Bass Saxophone*)。掌声雷动，有人高叫什么，捷克人在向他们的英雄致敬。下半场轮到我，先由迈克讲几句话。他像鸟一样闭上眼睛，似乎在回想往事。

昨天晚上跟苏珊·桑塔格"约会",没想到还成了事件,传得沸沸扬扬。苏珊的名气太大,又冷若冰霜,更罩上层神秘色彩。摄影师若萨诺让我帮他说情,给他个拍照的机会;瑞典使馆的二秘让(Jan)托我转交名片致以崇高敬意,说他是苏珊多年的崇拜者。我带着重要使命,在她下榻的旅馆大厅等候。9点40,苏珊才从电视台接受采访回来。"哎,这些愚蠢的问题,真是折磨人。走吧,我饿坏了。"

我们坐出租车去一家名叫"中国城"的饭馆。我发现司机不开计价表,并在城里兜圈子。到了目的地,他要价比应有的高三倍。我示意苏珊先下车,把要价的一半塞给他。他用捷克语破口大骂,好在听不懂,否则非得打一架不可。

在餐桌上,我转达了意大利人的请求和瑞典人的致意。苏珊接过名片,叹了口气说,每回我接受邀请时,总是忘了那些没完没了的媒体。提起哈维尔,苏珊说捷克很多人都在批评他,而她总是为他辩护。上次她来布拉格,哈维尔请她单独到一家饭馆吃饭,旁边坐几个保镖。她真想问哈维尔一些真实想法。

"你知道,那样的场合,我问不出口。"苏珊说。

"让我最不理解的是，"我说，"作为作家，怎么可能忍受这样的生活？那比监狱强不到哪儿去。比如，他再不可能在街上散步，跟普通人聊天了。"

午夜时分，我们走在繁华的大街上，代表西方世界的霓虹灯跟布拉格之夜调情。苏珊突然说："是啊，没人再想恢复旧制度，可难道要的就是这种'空洞'（emptiness）吗？"我建议再去喝一杯。拐进酒吧，要了两杯啤酒，我们东拉西扯，都是家常。我说起我女儿、美国的学校和青少年问题；苏珊说起她的学历史的儿子——她在世界上最好的朋友。

送苏珊回旅馆，布拉格的街灯让我们迷了路。

午夜之门

> 关于死亡的知识是钥匙,用它才能打开午夜之门。
>
> ——题记

3月24日下午三点半,法航1992次班机在特拉维夫国际机场的停机坪停稳。我们搭乘交通车到边检入口处,排队的黑压压一片。无望中冒出个以色列外交部的官员,把我们的护照敛齐,消失又出现,我们鱼贯而行,尾随他从特别出口溜出来。我刚松了口气,就被个精干的小伙子拦住,显然是便衣警察。他说出于安全原因,我必须如实回答问题。此行的目的?我含糊了一下,说我是国际作家议会代表团成员。他把代表团(delegation)听成审问(interrogation)。什么?国际作家审问?他耳朵警惕地支起来。不，不是审问，我连忙摆手，叫来我们的秘书长萨尔蒙。可他只会法文，三个人越说越糊涂，闹不清到底是谁审问谁。幸好来接我们的法国驻以色列总领事馆的代表及时出现，总算解了围。便衣警察用两个指头碰碰太阳穴，用法文说了声再见。

国际作家议会代表团八名成员，来自四大洲八个国家，包括国际作家议会主席美国小说家罗素·班克斯（Russell Banks）、南非诗人布莱顿·布莱顿巴赫（Breyten Breytenbach）、意大利小说家文森佐·康索罗（Vincenzo Consolo）、西班牙小说家胡安·高伊蒂索罗（Juan Goytisolo）、国际作家议会秘书长克里斯蒂安·萨尔蒙（Christian Salmon）、葡萄牙小说家何塞·萨拉马戈（Jos Saramago）和尼日利亚诗人剧作家沃里·索因卡（Wole Soyinka），还有我。昨天下午六时，我们在巴黎书展大厅的法兰西广播电台专柜举行新闻发布会，公布了"巴勒斯坦和平呼吁书"，来自三十多个国家的五百多个作家，包括好几个以色列作家在上面签了名。

我们一行外加十来个随行记者，登上机场门外法国总领事馆的专车，于四点四十分出发。公路向腹地延伸，景色越来越荒凉。这基本是块不毛之地，砂石堆积成丘成山成阴郁之海,灌木野草杂陈,让人想起戈壁滩。

1990年春,我和多多参加耶路撒冷国际诗歌节。其间被大轿车拉来拉去,那时从语言到时空全转向。只记得多多下死海游泳,爬出来后悔莫及——下死海可不是闹着玩的。以色列是个准军事化的国家,到处是这样的景象:小伙子一手握枪,一手搂女朋友,满不在乎地逛街。和以色列作家谈起中东危机,他们既对右翼政客不满,但又无能为力。说到未来,几乎个个目光游移,满脸沮丧。我们去过以色列和叙利亚边境,那儿的屯垦区让我想起六七十年代中苏边境上的建设兵团。

一晃十二年,整一轮了。这回我要到边境另一边去。

进入九十年代,和平本来是有指望的。1993年9月13日,拉宾和阿拉法特第一次握手,签署了自治协议。1995年9月28日,他们又签署了第二个自治协议,紧接着以色列从西岸撤军。同年两人共获诺贝尔和平奖。阿拉法特结束了二十七年的流亡生涯,回到自己的故土。而1995年11月4日,拉宾被极右翼学生刺杀,为和平进程蒙上阴影。历史往往被偶然事件所左右。若刺客未能得手,时间箭头或许会指往另一个方向。也正是这偶然之手从芸芸众生中拎出布什和沙龙,让他们粉墨登场,给世界带来多少变量。二十一世纪正是在这样的变量中开始的。

白日孤悬,紧贴着我们脑后,像无声的枪口。一只鹰翻飞,似乎想在大地上打开自己折叠的影子。哨卡出现了,大兵端着枪,检查车牌和通行证,附近的碉堡的沙袋上架着机枪。反方向的道路堵满车辆。向导告诉我,这条公路根本不许巴勒斯坦人的车辆通行。而这边的道路之所以畅通,说来很简单,我们的目的地是拉马拉(Ramallah),即阿拉法特在其中坐镇的围城。

天色渐渐暗下来,风景变了。先是一个紧挨着阴森森的兵营的哨卡,旁边停着坦克,前方是炮楼,射击孔像空洞的眼窝。车门吱地打开,总领事馆的代表拿着以色列国防部的特别许可证,跟大兵交涉。摄影师扛着摄像机跟过去,聚光灯刺眼。只见那个大兵又叫来他的上司,估计是个排级干部。他用步话机向上级请示。他先索去我们的护照,又上车一一查对。他很年轻,眼睛既疲倦又冷漠,面部无表情也是一种表情,好像在说:你们这帮家伙吃饱了撑的,来这儿找死?他又用步话机联络,等了好一阵,总算挥挥手放行。车没开多远,又是一个哨卡,这回耽搁的时间较短。继续向前,一个穿蓝色迷彩服的巴勒斯坦警察出现，他一招手，停在路边的警车启动，闪着蓝色顶灯在前面开道。我们终于进入拉马拉。

拉马拉在阿拉伯语的意思是"神的高地"。其实它没多高，海拔不到九百米，坐落在耶路撒冷以北十六公里处，比那儿高出六十米，居高临下。它周围是山，泉源充足，是约旦河西岸的避暑胜地。拉马拉是拉马拉和比拉两城市的合称。拉马拉建于十二世纪十字军占领时期，而比拉城的历史可追溯到公元前三千五百年前的迦南时代。《圣经》中曾七十六次提到比拉城，传说圣母玛利亚曾多次在此停留。拉马拉以前的居民主要是天主教徒，1984年战争后，巴勒斯坦难民大量涌入并定居。1950年拉马拉归属约旦，而1967年"六日战争"中落入以色列手中，1988年约旦把主权归还给西岸的巴勒斯坦人，但实际上仍由以色列统治。直到1996年以色列撤军，拉马拉成为巴勒斯坦在西岸的首府。

夜色中的拉马拉像座死城。街上无人，车少，建筑物大都黑灯瞎火。到达花园大酒店（Grand Park Hotel）差一刻七点。主人在旅馆门口迎候。领头的是达维什（Mahmoud Darwish），巴勒斯坦当代最优秀的诗人。我们是应他的邀请而来的。在记者问及我们巴勒斯坦之行的目的时，索因卡答得好："这很简单，我是应被围困的同事巴勒斯坦作家达维什之邀。大家两度盼他去领取美国大学的一个重要奖金，并和其他作家交流。这相聚因'九一一'事件推迟，然后被取消了。依我看，他失去这次翻越边境的机会是大遗憾。由于达维什不能来，我们应该去找他，就这么简单。"

花园大酒店相当豪华，大理石光可鉴人，侍者彬彬有礼，在围城拉马拉多少带有某种超现实意味。达维什围了块白丝巾。他是那种很难判断年龄的人。我想苦难多半加速衰老，但有时也会抹去岁月的痕迹。他有个乐观的鼻子，看起来总是笑眯眯的。他生于1941年。七岁那年，他们村受到犹太复国主义者的袭击。达维什逃到黎巴嫩时和家人失散，一年后他回到故乡，那儿已被夷为平地，以色列人建起他们的定居点。他在小学开始写诗，由于"政审"不合格，不能上中学。他蹲过班房，并多次被软禁在家中。

稍事休息，我们一起步行去参加巴勒斯坦文化部的晚宴。出门略有凉意，明月升起来，满地清辉。远处是灯火通明的耶路撒冷。这三大宗教的圣城，历史上招来多少灾难，且都是以神的名义。说来宗教作为一种想象活动，恐怕源于对死亡和未知世界的恐惧。与诗歌不同，那是源于集体的想象，势必与权力发生关系，从而被权威化制度化甚至军事化，一旦和另一种集体想象遭遇，非闹得兵戎相见，血流成河不可。在中国历史上几乎从不为宗教打仗，大概因佛教道教重个人体验，"道不同不相为谋"，不行干脆就"立地成佛"。再说，想象需要空间，这空间在中东特别是在圣城极有限。而想象的传播和反馈往往导致更复杂的局面。比如八次十字军东征中的头一次，如闹剧。那想象首先和企图统一天主教和东正教的罗马教皇的野心挂钩，又把一个在法国修道院打瞌睡的隐士唤醒。他煽风于地下，点火于基层，在莱茵河畔纠集起八万贫农，向东进发。那盲目的仇恨和升天的承诺是动力，可他们连圣城在哪儿都闹不清，又没补给，沿途打家劫舍，最后惨败于突厥人手下，幸存者不到三千……

晚宴是自助式的。巴勒斯坦人流亡多年，其饭菜显然带有兼容性，丰富味重且细腻。让我吃惊的是，上好的葡萄酒竟是本地产的。我端着酒杯，在落地窗前看拉马拉夜景。一位优雅的中年妇女走过来，她叫塔妮娅(Tania)。她说她是女高音，是业余的；我说我是诗人，也是业余的。她笑了。她讲到她母亲，讲到围困中的日常生活。她指指山上那带围墙的建筑物，告诉我那就是以色列的定居点，它不断扩张，常无缘无故向这边开枪，打死了不少孩子。就在一个礼拜前，这儿满街都是坦克。达维什插话说，在拉马拉总共有一百四十辆坦克。塔妮娅在坦克的轰鸣中练声。不知为什么，这个意象一直纠缠着我。

早上醒来，不知身在何处。一缕阳光从窗帘后溜进来。记得我去旧金山以色列领事馆办签证时，一个犹太小伙儿在门口盘查我。我说我去巴勒斯坦。他说没有巴勒斯坦，那口气平静自然不容置疑。一看他就是那种受过良好教育心地善良的人，而他根本意识不到这种否认的悲剧性。

吃早饭时遇见西班牙的胡安和意大利的文森佐，还有一位巴勒斯坦教授。胡安问我要不要跟他们到市中心转转。胡安住在摩洛哥，会讲一点儿阿拉伯语。他写的是那种实验性小说，同时热衷于社会活动，是那种典型的"公共知识分子"（public intellectual）。这在欧洲相当普遍的角色在美国几乎绝了种。胡安常去世界各地旅行，在西班牙的大报上发表抨击时弊的文章，影响舆论趋向。

他以前带电视摄制组来过巴勒斯坦，这教授就是他当年的向导。

我们坐出租车来到拉马拉市中心。这儿跟新疆或南非的某个偏远小镇没什么区别，贫困但朝气蓬勃。路口竖着可口可乐和摩托罗拉的广告牌。露天集市摆满新鲜的蔬菜瓜果，小贩在吆喝。教授满街打招呼，他捏捏瓜果，尝尝药材，问价搭话谈天气。胡安在报亭买了份英文的《国际先驱论坛报》。这儿居然摆满各种美国的流行杂志，诸如《生活》《时装》《阁楼》《十七岁》。我纳闷，到底谁是这类杂志的买主？

教授指给我们看那些被以色列炮火毁坏的商店住宅，大部分已经修复，但斑驳可辨。墙上到处张贴一组组肖像照片，像我们当年的劳动模范光荣榜。在众多小伙子中有个秀美的姑娘。一问，原来这就是那些引爆自己的"烈士"。教授告诉我，那姑娘一个多月前死的，仅二十八岁，是第一个"女烈士"。

我们步行到文化中心。这中心是以巴勒斯坦诗人、教育家、社会活动家萨卡基尼（Khalil Sakakini）命名的。他的一生充满了传奇色彩，在一次大战期间还因庇护波兰犹太人而坐牢。这是个典型的巴勒斯坦传统建筑，建于 1927 年,是以前拉马拉市长的住宅。穿过精心规划的花园,进拱形门廊。一层正举办画展,二楼是办公室,包括达维什主编的文学刊物的编辑部。楼梯把我们引向三楼的会议厅。

巴勒斯坦作家和我们相对而坐。由巴勒斯坦驻法国的总代表雷拉(Leila)介绍代表团成员。她是乐观的胖女人,喜欢开玩笑。介绍意大利小说家文森佐·康索罗(Vencenzo Consolo)时,念他的名字重音先在前,那意思是电视支架或仪表盘,相当物质化;她又把重音往后移,意思就变了——安慰,那倒是精神性的。对,安慰先生。

首先由达维什讲话,他先提到"这个血腥的春天"(this bloody Spring)。他说,你们勇敢的来访就是一种突围。你们让我们感到不再孤立。"我们意识到有太长历史和太多先知,我们懂得多元环抱的是空间而不是牢房,没有人可以独霸土地或神或记忆。我们也知道历史既不公平也不优雅。而我们的任务是,作为人,我们既是人类历史的牺牲又是它的创造。"最后他说,"而我们患的不治之症是:希望……希望将让这儿恢复其原意:爱与和平的土地。感谢你们和我们一起背负这希望的包袱。"

希望的确是个包袱。三天后，以色列军队再次占领拉马拉和西岸大部分地区。这个文化中心也未能幸免，美术作品和办公设备全部被捣毁，连计算机的硬盘也被拆走。

接着是在巴勒斯坦传媒中心举行的新闻发布会。萨尔马戈成为焦点。从巴黎出发前他就一语惊人，把以色列当局和纳粹相比，使用了奥斯维辛（Auschwitz）和"大屠杀"（Holocaust）这样的词。代表团的多数成员感到不安，生怕其激烈言论会影响此行的目的。我倒觉得萨尔马戈没有什么不对。我们又不是政客，用不着那些外交辞令。一个作家有权使用隐喻，若能警世，正好说明语言的效用。再说，他的话如预言，被随后发生在杰宁（Jinin）等地的屠杀证实了。以色列并不拥有奥斯维辛和大屠杀这些词的专利权。过去的受害者也可能成为今天的暴君。这是人性的黑暗，冤冤相报的黑暗，让人沉溺其中的仇恨的黑暗。而作家正是穿过这黑暗的旅行者。

在发布会上，我提到除了种种围困，还有另一种围困，即仇恨话语的围困。散场时，坐在我旁边的胡安说，他完全同意我的说法，可能因为西班牙和中国有过相似背景，语言问题就变得更为重要。

我们应伯尔泽特（Berzeit）大学校长的邀请，和教授一起共进午餐。伯尔泽特大学在拉马拉西北郊。我们乘坐的大轿车突然停下来，前面被水泥路障拦住。所有人必须步行穿过大约五百米的土路，然后到路的另一头再搭车。我问塔妮娅为什么。我刚知道，她就是校长夫人。她耸耸肩说："他们就是让我们生活不方便。"她告诉我哨卡原来是设在路边的，后来撤到山坡上去了。她指指山坡上的碉堡，那些以色列狙击手可射杀任何他们看不顺眼的人。我哆嗦了一下，这无形的威胁更让人瘆得慌。

路的另一端挤满了人和出租车。大学及三十多个村庄与拉马拉隔开，诸多不便，倒是给出租车和小贩带来了生意。尘土飞扬，人们大叫大喊，脾气暴躁。有个小贩背个一人多高的铜壶，壶嘴拐八道弯，像个高深莫测的乐器。只见他一拱肩膀一扭腰，饮料就音乐般流出来。他免费送给我们头头罗素一杯。我也跟着尝了口，像冰镇酸梅汤，心定了许多。

我们下了出租车，穿过校园。这和世界上别的大学没什么两样。学生三五成群在聊天，享受午后的阳光。女学生似乎很开放，都不戴蒙面纱巾。伯尔泽特大学是第一所巴勒斯坦高等院校。初建于1924年，那时只不过是个小学，逐渐升级，直到七十年代中期才成为正规大学。

这些年来，有十五个大学生在游行示威中被杀害。以色列当局经常强行关闭大学，自1979年到1982年，百分之六十一的时间是被关闭的。最后一次是1988年1月，关闭了长达十五个月之久。在此期间，校方秘密在校外组织临时学习小组。即使如此，很多学生要花十年工夫才能完成四年的学业。

可惜没邀请学生代表参加，午餐会有些沉闷。校长致欢迎词。罗素谈到校际之间，比如与他任教的普林斯顿大学合作的可能。一位教授告诉我，因为围困，很多学生晚上就睡在教室。

我溜出来在楼里转悠。大厅陈列学生的雕塑。其中一件作品让我震惊：一个鸟蛋放在由锈铁钉组成的巢中。这想象让人心疼，只能来自受过战争创伤的年轻人。

我们从大学乘车去拉马拉的一所难民营。所谓难民营，其实就是为被逐出家园的人所建的临时住处，说临时，好几代过去了，拥挤不堪。我们先来到难民营的文体娱乐中心。迎面是被坦克撞破的门，满地纸片碎玻璃，计算机乐器健身器材等所有设备无一幸免。中心的负责人抱歉说，没有一把好椅子能让我们坐坐。他摊开双手问我们：你们说说，这就是恐怖基地吗？

几乎每堵墙上都有个大洞，贯穿家家户户。这是以色列新发明的爆破武器，嫌破门而入麻烦，索性穿墙越壁。看来，这种新技术带来新的串门方式，正在改变人类的礼仪传统。我们来到难民营小巷深处的一家住户。"客人"串门时，不仅毁了电视机，还伤了主人。我不懂阿拉伯语，而他们手势表情中的那种绝望与恨，一看就明白。

晚6点，阿拉法特要接见我们。这并没写在时间表上，但大家似乎都心知肚明。陪我们的雷拉说，会见只有半小时，随后阿拉法特要召开内阁会议。由警车开道，到阿拉法特官邸时，天已擦黑。大轿车进入大门穿过空场，停在一栋外表普通的楼房门口，有荷枪实弹的警卫把守。雷拉带我们上楼时，多数记者被拦住。我们被带到一个休息室，大家聊天开玩笑，自由散漫惯了，不习惯这种正式场合的压力。大约十分钟后，我们被带到对面房间，阿拉法特站在门口，由雷拉介绍，和代表团成员一一握手。阿拉法特带着他那著名的微笑，和照片中的没有什么区别，只是他个子比想象的还矮小。小个子自有他们对付大世界的办法，一般来说，他们更自信更顽强更务实更富于挑战精神。以色列当局的那些战略或心理专家大概没想到这一点。

这显然是阿拉法特的办公室兼会客厅。一头是办公桌,旁边立着巴勒斯坦国旗;另一头是一圈沙发,茶几上放着一盆娇气的睡莲。阿拉法特和我们头头罗素坐中间。按事先说定的,这次会见不对外公开,故所有记者都被赶了出去。罗素首先代表国际作家议会说了几句话,表示对巴勒斯坦独立和自由的支持。他特别强调说我们是来看望达维什的。阿拉法特指着达维什开玩笑说:"他是我们老板。"每个成员都说了几句话,由雷拉翻译,但阿拉法特时不时用英文回答。索因卡说,他希望不要把仇恨和冲突写进教科书去。阿拉法特做了个坚决的手势,说:"绝不会的。我们甚至相反,太不关注对历史的描述了。"说到仇恨,他感叹道,小时候他家就在哭墙附近,他整天和犹太孩子们一起玩。如今这几乎是不可能了。最后轮到我。我说,自童年起你就是我心目中的英雄。我想知道经历了如此漫长的岁月和重重困难,你是否还保持当年的理想?阿拉法特激动地跳起来,指他身后的圣殿山(Mount of Temple)的巨幅照片,特别是那醒目的镀金圆顶(Dome of the Rock)和旁边的犹太教寺院。圣殿山不仅是伊斯兰教,也是天主教和犹太教圣地。

基督曾在这儿布道，希伯来人的祖先亚伯拉罕的第一个祭坛也在这儿。阿拉法特用指头划了个大圆圈，意思是在一起和平共处，那就是他的理想。他也是个会用隐喻的人，那是一种能力，观察和解释世界的另一种方法另一个向度。很难想象他的对手沙龙使用隐喻，沙龙的语言倒是直截了当，那就是坦克。三天后，他的坦克冲进阿拉法特官邸。

会见大约一小时，超过了原定的时间，内阁会议不得不推迟了。阿拉法特和大家一一合影。他又跑来跑去，拿来2000年伯利恒（Bethlehem）巴勒斯坦发展计划的画册和纪念章分送给每个人。布莱顿请他在画册上签名。临走，调皮的布莱顿走近阿拉法特的办公桌，卫队长想拦住他，他闪身偷走了桌上的一块巧克力，放进嘴里。

晚8点，我们在拉马拉阿尔－卡萨巴（Al-Kasaba）剧院和巴勒斯坦诗人一起举办朗诵会，下面挤满了听众。有人告诉我，由于围困，好久都没有搞这样的文化活动了。首先由达维什朗诵。从台下会心的赞叹声中，能感到他是巴勒斯坦人的骄傲。他的诗让我想起已故的以色列诗人阿米亥（Yehuda Amichai），十二年前我在耶路撒冷诗歌节上见到过他。他们俩的诗中居然有某种相似的音调：在词语中的孤寂状态，与现实的无奈和疏离，对大众喧嚣的畏惧，试图以自嘲维护的一点点最后的尊严。我不知道他俩是否见过面，也许这也并不重要，重要的是若两个民族都能真正倾听他们的诗人就好了。就像帕斯所说的，诗歌是宗教和革命以外的第三种声音。这声音，并不能真正消除仇恨，或许多少能起到某种缓解作用。

就在今夜，诗歌在突破仇恨话语的围困。

第二天一早，我们要离开拉马拉，去加沙走廊（Gaza Strip）。我醒得早，打开电视。CNN 六点钟新闻，头一条就是阿拉法特接见我们的镜头，接着巴勒斯坦发言人宣布：阿拉法特决定不去参加正在贝鲁特召开的阿拉伯高峰会议。我不明白这两件事的关联，但这决定显然就是在内阁会议上做出的。两个意象的叠加会让人有非分之想。是国际作家的支持让他坚定了斗争到底的决心？

从昨夜起，每层楼都派了两三个武装警察，持枪守卫。听说是由于萨尔马戈的激烈言论惊动了葡萄牙总统，他亲自打电话给阿拉法特，希望能确保他的安全。

达维什等人来旅馆送行。塔妮娅送给我她在巴黎演唱会的录音带和她编的书。她最后说："和加沙相比，这儿就得算天堂了。"

从拉马拉到加沙的路并不远,但走走停停,开了近三个小时。进入加沙前,我们在边境检查站换了联合国的专车,由联合国驻加沙援助总署的负责人陪同。行李要特别检查,和人分开,乘别的车辆过关。我们的护照被收走,足足等了一个多钟头,才出来个以色列官员验明正身。雷拉告诉我,我们的运气好,若没有联合国帮助,很难进入加沙。而加沙的巴勒斯坦人若无特殊许可,则永远不能离开那里。

进入加沙比预定时间晚了俩钟头。一过边境,车就被焦急等待的当地记者团团围住。但时间紧迫,说好暂不接受任何采访。雷拉打开车门,先解释,转而大发雷霆,记者只好悻悻离去。她双手叉腰对我们说:"他们以前都很乖,说一不二。如今就是被美元闹的,打破脑袋往里钻。哼!"

这时上来一个中年男人,他叫罗基(Raji),巴勒斯坦人权中心的主任。他开始秃顶,脑门沁出汗珠。他英文流利,但有一种明显的焦躁,词像弹壳般弹跳。他律师出身,从事人权活动多年,被以色列当局监禁过。车在行进,他站在车门口向我们介绍加沙的情况。

加沙走廊是块沿地中海展开的长46公里宽6至10公里的狭长地带，约360平方公里。在加沙，一百二十万巴勒斯坦人占百分之六十的土地，是世界上人口最密集的地区。以色列控制了百分之四十二的土地，包括定居点军事基地及隔离区，而以色列犹太移民仅六千人，占加沙总人口的百分之五。四分之三的加沙人是1948年被以色列逐出家园的难民及后代。

横贯加沙的唯一一条主要公路由以色列控制，专供以色列军车和犹太移民使用。而巴勒斯坦人只能挤在土路上，连这土路还被两道哨卡切割，下午五点以后禁止通行。每到高峰时间简直是灾难，哨卡前面排长龙。路窄，常出事故。就在我们眼前，一辆卡车翻在路边。坐我旁边的联合国驻加沙的副代表凯伦（Karen）是个美国女人。她告诉我，以色列怕自杀式的汽车爆炸，规定在加沙每辆车必须坐两人以上才能通行。她说连她开带有联合国标志的汽车，还是尽量让她儿子坐旁边，以防不测。

车转弯，沿海边道路行进。蓝天白浪绿树，总算让人喘口气。罗基告诉我们，前不久一个西班牙代表团来访，被他们地中海邻居的赤贫吓坏了。以色列掌有制海权，巴勒斯坦渔民只能在6公里以内的海面打鱼。经过一片草莓地。罗基说，很多欧洲人吃的是加沙的草莓，但他们根本不知道。因为加沙的草莓得先运到以色列，在那儿包装并贴上他们的商标再出口。更甚的是，连加沙的地下水也被以色列人抽走，再用管道输送回来，卖给加沙的巴勒斯坦人。这种剥削倒是赤裸裸的，不用藏掖，准让全世界的资本家眼馋。

我们来到海边一个以色列定居点附近。这儿就像刚打过仗。道路坑洼，周围建筑大都被摧毁，废墟上弹痕累累。高墙围住的定居点有炮楼守望。这是加沙十九个定居点之一。罗基告诉我们，仅在这个路口，就有八十多人在抗议示威时死在枪口下，多是青少年。

加沙与西岸不同，被以色列铁丝网团团围住。依我看，除了经济上压榨，就是让巴勒斯坦人自生自灭。他们不仅没有出入加沙的自由，甚至连在自己土地上旅行也受到严格限制。如果说加沙是大监狱，那么这些定居点就是小监狱，是监狱中的监狱，被仇恨团团围住。犹太移民根本不可能和本地人接触，出入都靠军车护驾。到底什么人愿意搬到这儿来住？凯伦指指脑袋。"怎么，是神经有毛病的？"凯伦笑说："不，他们是被广告骗来的——风景好，房价便宜。多半是美国的犹太老人。"

午夜之门

我问布莱顿，这与当年南非的种族隔离是否有一比。他感叹说，以色列当局的高效率恐怕谁比也不是个儿。这一切似乎是用计算机精心策划的：怎么才能剥削得最多，怎么才能带来生活上最大的困难。

我们继续向前，来到加沙尽头与埃及比邻的拉法（Rafah）省。下车前雷拉警告说，这是极危险的地区，以色列大兵随时可能开枪，大家要尽量集中，别走散。在一帮孩子的簇拥下，沿破败的街道向前，尽头是一大片废墟，堆满残砖碎瓦玻璃碴。边境墙就在五十米开外，以色列的炮楼和坦克虎视眈眈。

罗基告诉我们，为了在边境建隔离区，以色列军队在这一带先后摧毁了近四百栋难民的房屋。仅在今年1月10日，五十九栋民房被推倒，两天后又毁掉四十栋，一千七百个难民无家可归。轻则给四十分钟的时间，让难民取走随身物品，重则根本不事先警告。这时人们让开条路，走过来个中年妇女（看起来像老太婆），通过雷拉翻译，她讲述了当时的可怕情景。那天凌晨两点，没有任何事先警告，以色列的推土机隆隆开过来，大人叫孩子哭。她连滚带爬，好不容易才把她十三个孩子救出来，而全部家当都埋在砖瓦下。接着是一个老汉的控诉。

他听说罗素是美国人，便声嘶力竭地喊："为什么你们美国给以色列飞机坦克？谁是恐怖分子？沙龙才是真正的恐怖分子……"

我愤怒到极度虚弱的地步，一个人往回溜达。路上遇见索因卡和胡安，我们一起默默走着。前面不远，高音喇叭播放音乐和口号。胡同口的横幅上有张肖像照片，估摸是个新"烈士"。屋里人影晃动，大吃大喝，沿墙坐着几位老人在抽烟。这像我们中国北方农村办丧事，喜气洋洋的。一个小伙子拦住我们，往里请，看我们不懂阿拉伯文，又叫个人来用英文说"欢迎"。索因卡指指手表说："多谢，可我们马上得离开。"他们有些扫兴。

回到汽车旁，雷拉大叫大喊："你们这些家伙，让我好找。我们必须四点半以前赶到哨卡，否则就过不去了。"一个六七岁的男孩拉拉我的手，让我给他照相，他蹲在汽车旁，做了个Ｖ字手势。

途经拉法省民警交通局，稍停。这儿紧挨联合国驻地，不久前被以色列武装直升机的导弹击中，房子掀了顶，门窗残缺。省长闻风赶来，但我们要赶路，只好匆匆握手告辞。

赶到哨卡，联合国专车走特殊通道，也还是得排队。

午夜之门

而另一边通道挤得满满的,一眼望不到头。罗基擦了擦脑门上的汗,说:"我活了四十八年,从来没这么绝望过。人倒不怕穷,怕的是侮辱。你想想每天过哨卡就是一种侮辱。"

布莱顿指着窗外一个在罗基手下工作的小伙子,说他准是中国人。一问,果然不错。他叫李之怡,是出生在美国的中国人,父母来自台湾。他已经不太会说中文了。小伙子高挑个儿,长得挺帅,聪明伶俐。他在哈佛读社会学时,到印度做过义工。去年大学毕业后他来这儿实习,原计划三个月,一拖再拖,打算过了夏天再回哈佛读硕士。他说,他父母都是搞科技的,不太能理解他,整天担惊受怕的。我答应他回美国给他父母打个电话,让他们放心。他一边跟我聊天,一边跟几个巴勒斯坦小伙子说笑,他的阿拉伯语似乎很流利。我为他骄傲,没多少海外华人的孩子能像他那样脱离主流文化,走出物质生活的边界。

说起自杀爆炸。他说五十起事件都是住在西岸的人干的,因为加沙人根本出不去。而在这里很难接近定居点。当然也还是有玩命的。他认识个巴勒斯坦小伙子,刚结婚不久就这么结束了。

我们到海滨的一家旅馆歇脚。我和布莱顿明天一早要坐飞机离开，今晚必须赶到特拉维夫，在那儿的旅馆过夜。雷拉说好，晚上十点半找人开车把我们送过去。代表团的其他成员还要在以色列待两天，和当地作家及反战组织的人见面。

我和布莱顿都累了，相约到楼下酒吧喝一杯。酒吧空荡荡的。问侍者，他说不卖酒，因为 Intifada。我不懂。布莱顿告诉我这词专指巴勒斯坦人的反抗运动。没辙，我们去敲罗素的门，他还剩半瓶上好的苏格兰威士忌。他房间的窗户面对地中海。天色阴沉，海水呈灰黑色，卷起层层白浪。

二十分钟后，我们在楼下集合，步行到附近的巴勒斯坦人权中心办公室，举行新闻发布会。萨尔马戈再次成为采访的焦点。他用法文说，有人不喜欢我使用这样或那样的词，但无论如何我们得承认，这是反人类的罪行。

随后是加沙的巴勒斯坦作家座谈。大概苏格兰威士忌起作用了，罗素一反他的审慎，激动地说："我大半辈子都是在错误的地点和时间中度过的，但这回我是选对了地点和时间……"

巴勒斯坦作家几乎个个讲得精彩。一个年轻的本地作家说,他刚从朋友那儿得到一本萨尔马戈的长篇小说,正在读。他住得远,为了赶来参加这个活动,今晚他回不了家了,因为道路已关闭。他把这本译成阿拉伯文的书送给萨尔马戈。

晚8点,在一家古色古香的阿拉伯风格的旅馆举行招待会。拱形大厅,回廊环绕,到处烛火摇曳。因为Intifada,没有酒。我在柱子之间绕来绕去,碰见法国文化电台的马德琳(Madeleine),卢旺达人。除了她,全家都在种族仇杀中死去。1994年国际作家议会在里斯本开会时,作为目击者,她陈述了屠杀后的可怕景象。说起在加沙的感受,她觉得这比当年卢旺达更可怕。和大屠杀相比,这是一种日常性的精神和肉体的折磨,更无助更痛苦。

出发时间快到了,我到处找布莱顿,有人说看见他在楼上,我转了一圈连影儿都没有,于是回旅馆取行李。联合国的吉普车已停在门口,我请开车的芬兰小伙子稍等,再返回去找布莱顿。他终于出现在门口,步子有点儿不稳。我问他是不是喝酒了?他把食指贴在嘴唇上:Intifada。

一出加沙就是以色列的边防检查站。按大兵指示,司机把车停在专门检查汽车的水泥槽沟上。一个年轻女兵正跟两个大兵调情。我们拖行李进入房间。一个戴眼镜的小伙子挺面善，但一点儿没耽误人家执行任务，把我们翻个遍。

月朗星稀，公路上几乎没有车辆。我一路打盹，到特拉维夫的旅馆已经十二点半了。雅艾尔（Yael）在柜台等我们，她大约四十岁，犹太人，自己开一家小出版社，自愿帮国际作家议会安排在这边的活动。我和布莱顿早上五点半就得起床，雅艾尔坚持陪我们去机场。我请他们俩去喝一杯。先到旅馆的酒吧，有爵士乐队演奏，太吵，于是到我的房间打电话订了瓶红酒。雅艾尔告诉我们，萨尔马戈的言论引起轩然大波。他在以色列很红，一本小说卖到六万册，在以色列可算得畅销了。

我问雅艾尔怎么看自杀爆炸。她耸耸肩膀，眼镜片在灯光中一闪。"我喜欢红酒，喜欢书，"她停顿了一下，接着说，"如果有一天我被炸死，算我活该。"她用的英文词 deserve 比"活该"重，有罪有应得的意思。她愿为他们民族的选择承担后果。

我只睡了俩钟头，就爬起来，和布莱顿在大厅会合。雅艾尔姗姗来迟，把布莱顿急得团团转。幸亏有雅艾尔，

午夜之门　87

用希伯来语跟机场的安全检查人员打了招呼，对我们算客气多了。盘问我的是个其貌不扬的姑娘。因为护照上敲了图章，我不能否认去过拉马拉和加沙。她或直截了当，或旁敲侧击，问题虽复杂但概括起来倒也简单：你是谁？从哪儿来？到哪儿去？可把我问傻了，这是连我自己永远也闹不清答不上来的。事后我跟布莱顿串供。幸好他没把阿拉法特招出来，否则我们吃不了兜着走。

　　大地在脚下一动。我们乘的是英航飞往伦敦的班机。我打开当地的英文报纸《耶路撒冷邮报》(*The Jerusalem Post*)，上面有阿拉法特接见我们的报道和以色列驻葡萄牙前大使致萨尔马戈的公开信。其中这样写道："你选择使用一个我们不能接受的隐喻，而更难以让我们接受的是一个知道词语权力的人……"

　　二十四小时后，以色列军队大规模入侵西岸，围攻阿拉法特官邸。

辑二

空 山

一

今年夏天我在德国,住在斯图加特附近一个名叫"孤独"的城堡里。在此期间,我跟我的德文译者顾彬(Wolfgang Kubin)去柏林和慕尼黑朗诵。从慕尼黑回来的路上,我们去他弟弟家做客。丁克尔斯比尔(Dinkelsbuhl)是座古老的小镇,沿老房子上标明的建筑年号一直可追溯到中世纪。他弟弟一家住在小镇边上。附近的池塘野鸭嘎嘎叫,有力地扇动翅膀,似乎想挣脱这近乎黏稠的宁静。顾彬的弟弟是医院的麻醉师,从早到晚奔波于麻醉与清醒之间,他太太代表了那个清醒的世界——家庭。

顾彬是那种不知疲倦的人,刚放下行李,就拉我出去散步。每回跟他出门我都犯怵。那哪儿是什么散步,完全是一种德国式的急行军,我得紧追慢赶,才能跟上他的速度。城墙荒草瑟瑟,有木梯石栈勾连。我只听见自己风箱般的喘息和怦怦心跳。顾彬话不多,皱着眉头大踏步前进。他坚持要带我去看一个中世纪刽子手的故居,据说当年几乎每个城镇都供养这么个职业刽子手。我们爬上爬下,拐弯抹角,足足找了一个多钟头。我两腿发软,差点儿就要在找到刽子手之前求饶了。

我认识顾彬是1981年9月,在友谊宾馆。杜博妮请我们到她家吃晚饭,她丈夫给我们捎上香港带来的"金门高粱"。顾彬第二天就要离开北京了。我对他最初的印象是模糊的。只记得他的笑容很特别,如同一个疲倦的人在镜子前无奈的自嘲。1982年早春,我们又在颐和园后湖见面了。记得那天我没睡好觉,又忘了刮胡子,浑身不自在,好像刚从地里刨出来的土豆。顾彬掏出个德国微型相机对准我。我觉得我们俩之间竟有点儿像,都不爱说话。他那天心不在焉,眯缝着眼,大概湖水的反光让他分心。他长我四岁,我们那时还年轻。

那是顾彬刚完成他的教授资格论文《空山》不久。他在大学涉猎甚广,包括哲学、日耳曼学和汉学,但他主修的是神学,本来顺理成章顾彬该做牧师的。我最近读了《空山》一书的中译本《中国文人的自然观》。在此书的序言中，平日沉默寡言的顾彬终于给了我们一点线索：1967年底，李白的那首《黄鹤楼送孟浩然之广陵》，成了他告别福音新教而转向汉学研究的诱因。如果一个人因一首诗而改变一生，其中必有某种神秘的召唤，且多半来自于血液中。

顾彬生在德国北方的策勒（Celle），祖先世世代代都是农民。他父亲是柏林人，母亲是维也纳人。父母相识后搬到他祖母的老家策勒去。虽然同属于日耳曼种，但维也纳人很不一样，多愁善感，所以能产生像特拉克尔和里尔克这样的大诗人。1985年夏天，我头一次跟顾彬从柏林去维也纳。这旅行是从他父亲这边出发，到达他母亲那边，带有某种血缘考察性质。柏林的刻板和维也纳的闲散恰成对比。我们坐有轨电车，当当穿过中午昏睡的街区；去维也纳森林散步，在弗洛伊德对朋友说"梦将解释一切"的地方驻足；晚上到郊区贝多芬经常光顾的酒吧，喝刚酿出来的葡萄酒。在维也纳，连街头艺人演奏的约翰·斯特劳斯的圆舞曲也与众不同，染上那儿特有的忧伤。

顾彬最喜欢带我去墓地。刚到维也纳，我就跟他拜访了贝多芬、莫扎特、舒伯特等大师，倾听那寂静的音乐。墓地本身是一种文化，包含了历史、宗教、建筑、语言等诸多方面。每块墓碑都会说话，主角消失了，故事并没有结束。进入墓地，顾彬脸上的线条变得柔和了，改变了平时行进的节奏，忽快忽慢，在墓地中徘徊。他皱着眉头读完碑文，扭头走开。我真跟他在墓地学了不少东西，最重要的一条是体验死亡的宁静。

说实话，直到今天我还是不明白，为什么李白那么首简单的诗，会让他走上一条完全不同的路：

> 故人西辞黄鹤楼，烟花三月下扬州。
> 孤帆远影碧空尽，唯见长江天际流。

二

穗子警告我说：你可别把顾彬写得那么忧郁。你看，有人表面挺乐观的，结果扭头自杀了。我们顾彬看起来忧郁，但没事儿……我表示完全同意。穗子是顾彬的夫人，她原来在北京图书馆工作。顾彬去那儿，为刚完成初稿的《空山》查找补充资料，由穗子和另一个工作人员接待。一回生二回熟，这位平日目不斜视的德国准牧师直奔穗子办公室，兜里揣着两张《阿Q正传》的话剧票，惴惴然，到了也没敢把票掏出来，只好单独跟阿Q约会。人跟人的化学反应真是奇妙，酸碱中和——正好穗子话多，填补了顾彬那沉默的深渊。不，顾彬纠正我说，是穗子的梦多。

当年顾彬常来北京，骑辆破自行车满城飞。凭他那体力，要是有便衣跟踪，肯定累得半死。他告诉我，他在图书馆有个恋人，但不是书。那阵子涉外婚姻还是有麻烦，约会好像打游击，出没不定，更添了层浪漫色彩。

记忆除了不可靠外，更奇怪的是它的随意性，比如，为什么单挑某个细节而放弃别的？那么在当事人之间，记忆能在多大程度上重合呢？顾城死后，顾彬写了一篇文章《片段》：

> 我跟顾城的第一次见面该是1984年11月。一天晚上，北岛来到天安门的国旗下接我。天黑得早，骑车一会儿就到了他的住所：几个人在包饺子，北岛的妻子、画家邵飞，我记得颇清楚，还有顾城，但另一个是谁，就不大真切，或许是谢烨？北岛去

空山 95

帮忙干活，顾城和我便坐在一张沙发上，开始了我们的第一次谈话……

我还是为顾彬的记忆感到吃惊。他好像个巫师，用魔法召回某个苍茫暮色中众多的细节。我们住在崇文门西打磨厂街，离天安门很近。为什么选在国旗下？大概那是全北京最明显的标志了。那天黑得早，空气冰凉。我以一个酒鬼的敏锐，注意到挂在他车把塑料袋里的半打丹麦嘉士伯啤酒（肯定是友谊商店买的）。趁夜色，我带他匆匆穿过五进院，一股冬储大白菜的霉烂味道。把车支在家门口，推门，灯火辉煌（和外面的黑暗相比）。我们家并无长沙发，顾彬顾城对坐在两张包红布的小沙发上。起初顾城像个胆小的动物，怯生生的。顾彬一口流利的中文是个鼓励，他开始谈"文革"，谈法布尔的《昆虫记》，口若悬河，一发不可收拾。那天谢烨肯定在，她一边包饺子，一边赞许地看着顾城。那天除了丹麦啤酒，我还跟顾彬干了好几杯"衡水老白干"……

1989年后我在北欧漂泊，常到波恩去看顾彬，他总是用白酒款待我。顾彬会做一种麻辣豆腐汤，热气腾腾的。我和顾彬相对无言，频频干杯。这时候好心肠的穗子插进来,她担心我有一天流亡结束回国找不到工作。她建议我学开车,将来当个出租车司机,要不好好学英文,当个导游什么的。

顾彬穗子两口子在编一本名叫《袖珍汉学》的德文杂志,忙得天昏地暗。而大学图书馆的经费有限,不得不自己掏腰包买书订刊物。他们住处的空间越来越小,书越来越多,铺天盖地,洪流般席卷一切,最后涌向楼道。我就睡在书堆中,跟那些书一起做梦,硌得我腰酸腿疼。

顾彬是个真正的清教徒,虽然既有老婆又喝酒,我的意思是指他对自己苛求到了极点。不管睡得多晚,第二天早上六点钟他肯定坐在桌前写作备课。他扛着箱子送我去火车站,累得呼哧带喘,但从来不叫出租车。更别提散步了,他用儿童车推儿子大踏步前进,害得我一溜小跑。我才知道什么是苦尽甜来:在这长途跋涉的尽头,我们坐在莱茵河畔的酒吧喝啤酒,那是我最幸福的时刻。

后来他连酒也戒了,只喝牛奶,为了有更多的力气著书立说,养家糊口。他和前妻有一女,正读大学,穗子又生了两个男孩,嗷嗷待哺。租了多年的单元被书占领,只能上资本主义的圈套:分期付款买房子。一个教授的工资紧巴巴的。可惜再到他家,我只能自酌自饮,十分无趣。喝得醉眼蒙眬,见顾彬又去啪啪打字,无奈,长叹一声,便倒头昏然睡去。

三

德文原书《空山》的副标题是"中国文学中自然观之发展"。顾彬认为早在六朝时代,也就是一千五百年以前,中国文学就有了自然观的完美表露,人们把风景看成是独立的部分,从而探求把握其美。他把中国文学中自然观的发展分成三个阶段,而这种自然观的发展又与贵族的生成密切相关。他在书中旁征博引,见解精辟。让我惊奇的是,一个老外居然能把中国的家底理得头头是道。《空山》这书名来自王维的五言绝句《鹿柴》:

空山不见人,但闻人语响。
返景入深林,复照青苔上。

刘小枫跟我聊起顾彬的《空山》,给予很高的评价。他们俩是好朋友:一个从西方走向东方,一个从东方走向西方。依我看是殊途同归,一个人往往要远离传统,才能获得某种批判能力。

1997年12月我在巴黎开会，转道去波恩大学朗诵。顾彬带我到附近山坡上的墓地去散步。那天天色阴沉，含雨未落。穿过墓地的小路湿漉漉的，蜿蜒向前，引导我们这些迷途的生者。

墓地的阶级界限分明，对死亡的态度完全不同：有钱人到死都在炫耀财富，把坟墓盖得金碧辉煌，而那些作家艺术家的坟墓简朴自持。

我们的谈话断断续续。顾彬把哲学家、表现主义画家、被纳粹杀害的牧师一一介绍给我。我问起顾彬的信仰问题。他盯着他那双向前甩动的大皮鞋好一阵，抬头望了望炭笔画似的黑色枝条，慢吞吞地告诉我，他还应算个新教徒，礼拜天常去波恩大学的小教堂，听神学系教授的演讲。刘小枫说他自己是个基督徒，但不是基督教徒。我想顾彬也是如此，信仰与内心的痛苦有关，并不注重外在的形式。但我的疑问是：他真的是迷途知返了呢，还是继续向东方的"空山"逃遁？我没问，有些事儿是不能刨根问底的。

顾彬是个诗人，诗人有权力不解释他的作品。我读过他早年的诗，简短而节制，富于哲理。他的诗集今年年底就要出版了。他为我写过三首诗，但找不到合适的人翻译，至今留在我不能进入的德文之夜中。

去年春天，顾彬在美国中西部的一所大学教书，其间带全家到我们这儿来做客。他们的俩儿子跟我女儿很合得来，楼上楼下疯跑。穗子不再劝我去当出租车司机或导游了，工作八字没一撇，眼看该退休了。她还是对我的生活忧心忡忡，问这问那，东张西望，查看其中有没有什么裂缝。

我还是顺应穗子的美好祝愿，既当司机又当导游，带他们一家去旧金山。在某些方面，顾彬是个典型的德国人。比如，他事先买好德文的导游书，不仅仔细读过，而且坚信此书的权威性——你看，旧金山有三颗星，没错，我们就去那儿。还有一点，他对博物馆、植物园，甚至路边的每块牌子绝不放过，从头读到尾，贪婪得像美国胖子对所有炸锅里捞出来的东西一样。

我发现，自打我跟顾彬认识以来，我们经历的时间似乎不是直的，年份与私人事件、媒体与孤独、友谊与暴力全都交织在一起，倒更接近东方式的循环。以致我有一种错觉，好像我们一直坐在一起，对已发生或未发生的一切保持沉默。

在他弟弟家的最后一夜，顾彬带我到丁克尔斯比尔市中心。每天晚上九点半，从教堂出发，一个古代装束的守夜人，扛戟掖着牛角，带领浩浩荡荡的看客，在饭馆酒吧之间巡游。这是个古老的传统，保存到今天变成了旅游节目。他先吹响牛角，再扯起嗓子按古老曲调唱歌，歌词是即兴编的。侍者应声端来一杯葡萄酒，先由守夜人尝尝，再让大家分享。记得在等待守夜人出现以前，我跟顾彬坐在教堂边的石凳上，默默地观望灯火明灭的小镇。除了汽车电灯，这一景致几百年没多少变化，消失的是那些进进出出的人，也包括我们这些所谓的旁观者。

我忘了那小镇的名字，打电话问顾彬。第二天早上他发来传真。纸上除"丁克尔斯比尔"外，只有他的中文签名"顾"。那白纸好像空山，他就在其中。

鲍尔·博鲁姆

找名片是件头疼的事,每次非得在我那个深蓝色塑料盒里挨个翻一遍。当那些名字匆匆掠过,你会发现,刨去那些你压根儿就不认识的大多数,你讨厌的人远多于你喜爱的人。找名片有点儿像参加个热闹非凡的聚会,人们在辨认、呼应、回避、钩心斗角……当然必要的话,你可以把那些讨厌的家伙撕碎,扔进垃圾箱——这绝不仅仅限于理论上。你还会发现,其中居然也包括了死者。说来这不奇怪,我们迟早都要从自己的名字后面隐退。以前每回找名片,鲍尔·博鲁姆(Poul Borum)都从人群中挤出来,跟我打招呼。他的名片朴实无华,淡蓝色的名字下面印着他在哥本哈根的地址电话。

自1990年秋天起,我在丹麦奥胡斯大学教了两年书。

奥胡斯虽说是丹麦第二大城市，可比中国的县城大不了多少。那儿的海永远是灰色的，正如我的心情。

1991年秋，我的丹麦文的诗集《霜降时节》出版了。我那天下课回家，在门口碰见房东乌拉夫，一个离婚鳏居的退了休的建筑师。他告诉我，今天报纸上有篇关于我的新诗集的书评，约我晚饭前到他那儿坐坐。乌拉夫住一层，客厅宽敞明亮，半开的玻璃窗映着金红色树木。一台索尼袖珍半导体收音机正播放贝多芬的《田园》交响乐。他先斟了两杯西班牙开胃酒，找出报纸，把书评逐句翻成英文。他过高估计了我的英文水平，我听得稀里糊涂的，但大意是表扬，这从乌拉夫的脸上就能读到。他为有我这么个既能上报纸又能按时缴房租的房客而骄傲。

第二天，我的老板兼丹麦文译者安娜（Anne）告诉我，书评的作者是博鲁姆，丹麦诗歌界的中心人物。他除了写诗翻译，也搞评论拍电视片。他曾在报纸开了个专栏，把丹麦以至北欧的诗歌彻底清理了一番。他用词尖刻，以诗划界，把大多数诗人扫地出门。这专栏被人叫做"博鲁姆法庭"。安娜还告诉我，我在八十年代中期译的《北欧现代诗选》中包括博鲁姆的一首诗，还有他前妻英格尔·克里斯坦森（Inger Christensen）的六首。

可惜当时除了中文这个随身行李外,我一无所有。

两个星期后,安娜转达了博鲁姆的问候,并给了我他的电话号码。我战战兢兢拨通电话,好像对方是上帝。"我是博鲁姆。"他说,声音平和,略有点儿沙哑。他的英文之流利,更让我结巴。这种语言上的不平等,势必造成严重的心理障碍。幸好他的态度真诚友好,否则我们大概永远不会见面。

哥本哈根跟奥胡斯不一样,是个国际都市,成了我逃避现实的最后一站。我当时护照签证都有问题,不能离开丹麦边境。有一回在哥本哈根上错了火车。我胆儿还挺大,竟睡了,"梦里不知身是客",差点儿坐到德国。幸亏检票员查票,把我叫醒,要不然我非得卡在官僚机器中间不可。

博鲁姆先生着实把我吓了一跳。他方头大耳,秃瓢,大耳环在右耳垂上晃荡;他身穿带穗及金属纽扣的黑皮夹克,腰间系宽板带,脚蹬铜头高统靴。整个一个黑手党教父。这装束是打哪儿来的?我认识不少六十年代的嬉皮士,如今都衣冠楚楚,正襟危坐。看来他是那种拒绝根据场景更换服装的人。

博鲁姆的公寓很大,在一栋古老建筑物的三层,复杂得像个迷宫。下午五点半,哥本哈根早已进入夜晚。几盏台灯供出黑暗中的部分细节：电传机、纸条、唱盘、活页夹等。昏暗的灯光把我们引向一个开放的空间。我从未见过这么大的私人图书馆：书架纵横排列，所有书名输进计算机，按字母顺序。博鲁姆告诉我，他有五万多册藏书，绝大部分是诗集。他按字母很快找到我的几本瑞典文和丹麦文的译本。有个小伙子正帮他整理图书，交代了几句便告辞了。

我在昏暗中坐下，博鲁姆东拉西扯，忙这忙那，但能感觉到他在审视我。他看看表说他在饭馆订了座位，于是打电话叫出租车。我跟他穿过一串儿房间，开后门，锁上，再踏上个狭窄的老式电梯，好像是通往地狱似的。电梯慢吞吞的，吱嘎作响。我们像母腹里的双胞胎挤在一起。一盏小灯照在博鲁姆的秃瓢上，他显得表情古怪。电梯终于停下来，没有地狱，外面的空气又冷又新鲜。

在市中心的一家法国餐厅，我假装内行，点了一瓶波尔多红酒。侍者显然认识博鲁姆，毕恭毕敬，为他点上粗大的雪茄。他像蒸汽火车头一样开动了，环绕我们的话题。他告诉我，我的很多诗都看不懂，但他喜欢。说起我们共同的朋友艾伦·金斯堡及其他美国诗人，我才知道，他在美国住过很多年，参加过"垮掉一代"的活动。两杯酒下肚，博鲁姆先生变成鲍尔。仔细看，他长得慈眉善目，但有威严，像个庙里的方丈，这跟他传遍北欧的凶恶名声不相称。其实我们都生活在误解中，只是有人不在乎这种误解罢了。他喝酒谨慎，每回只抿一小口。相形之下我喝得太快，有朋友说我酒胆比酒量大。我们又要了一瓶，我渐渐有些不支了，一阵晕眩，他的声音消失在吐出的雾中……

待我睁开眼，鲍尔正关切地盯着我。你没事吧？他说。

怎么，我睡了？

你睡了，睡了半个来钟头。

对不起。

这没关系，你累了。

我他妈的居然在异国他乡在饭桌上当着主人面睡着了，这可真是种本事。我擦擦额头，把自己的杯子斟满。回去的路上，我又在出租车里睡着了。

再见到博鲁姆已是冬天。我们坐在哥本哈根市中心广场旁的一家酒吧里，看窗外风雪。他还约来他前妻英格尔·克里斯坦森和另一位女诗人。鲍尔向我保证，英格尔是丹麦最好的诗人。我愿意相信。英格尔一看就是那种绝顶聪明的女人，这种女人如今已经不多了。但得承认，我跟英格尔不太合得来，她对男人的顽劣有一种天生的戒备。鲍尔和英格尔依旧是好朋友，时不时交换眼色，那是多年共同生活练就的默契。吸取教训，我这回喝得很节制，只要了杯啤酒。

我宣布在计算机时代书很快就要消失，可并没吓倒谁。英格尔撇撇嘴，咕噜了几句，大意是这种危言耸听没什么意义。博鲁姆不吭声，在烟雾中宽厚地笑着。英格尔提醒我，我讲英文时"词"（word）跟"世界"（world）永远分不清。我还挺矫情，反驳说"词"跟"世界"本来就是一回事。

冬去春来，我和鲍尔见面越来越少。他约好要跟我和安娜一起好好聊一次，大概为了要把"词"跟"世界"的关系搞清楚，可惜时间总是凑不到一起。1992年秋天我搬到荷兰后，跟鲍尔失去了联系。后来从安娜那儿听说，他得了癌症。我几次想打电话给他，又放弃了。我能说些什么呢？"词"跟"世界"的确不是一回事。

今年春天安娜写信告诉我，鲍尔死了，他死前不久，朋友们给他过了六十五岁大寿。

此刻，我想找出鲍尔的名片——他和我最后的联系。我在那喧闹的人群中穿行，可连个影子也没有。他离我而去，不打招呼也不说再见。

布莱顿·布莱顿巴赫

一

外面是黑暗。雨沙沙地落在屋顶的斜窗上。我可以看到那尘封的表面湿漉漉的痕迹。在这建筑物以外的黑暗空间里有亮着灯的窗户,若视力延长,你可以看到人们在窗帘后面移动,专注于他们每夜的工作和梦幻,每人活在他自己那幻想、欲望、仪式和爱好的小小的茧里。

这是南非作家布莱顿·布莱顿巴赫(Breyten Breytenbach)的回忆录《一个患白化症恐怖分子的真实自白》(*The True Confessions of an Albino Terrorist*,简称《自白》)第一章的开头。他在南非蹲了七年多大狱,这本书记述了他的被捕和狱中的岁月。

1975年8月,南非约翰内斯堡国际机场。一个持法国护照名叫格拉斯卡的男人,刚要登上回欧洲的班机时被捕。被捕前他冲进厕所,吞咽了张纸条。当他被带到机场的一个房间,南非安全局的斯纳克上校让他写份简历,他凭作家的想象力,编造了格拉斯卡先生的生平和社会关系。上校的助手从旅行袋里搜出个烟斗。上校让他握住烟斗,突然用南非语说,"算了吧,布莱顿,游戏该结束了,我们知道你是谁。是不是想让我们带你哥哥来见见?"后来才知道,与此同时,南非总理结束访问回国,达官显贵到机场迎候,其中有布莱顿的哥哥。

我最近在读《自白》。布莱顿在这本书扉页上写着:给我亲爱的朋友和歌伴北岛,致以最美好的祝愿,1994年9月29日,里斯本。除了签名,还用拼音注明他的中文名字——卞延博。

1994年秋天,国际作家议会在里斯本开理事会。一天晚上,我们结伴去里斯本市中心听"法朵"(Fado),一种悲伤的葡萄牙民歌。如今连悲伤也能卖高价,那些有"法朵"表演的饭馆酒吧贵得吓人,门口有人专拉外国游客。由布莱顿挑头,带他的老朋友朱利安和我,悄悄脱离了大队人马。布莱顿不愧是搞地下工作出身,他和别人聊着天，使眼色让我们溜进小胡同，再尾随过来。他根据事先画好的路线图，在小巷深处找到一家只有本地人才去的酒吧。那里烟雾弥漫，挤得满满的。歌手是个小伙子，非要唱尽人间苦难不可。"法朵"让我想起山西梆子，凄厉高亢，让人抓心挠肺。去得太晚，不久就散场了。余兴未尽，我们留下来喝酒。

回旅馆路上，受了"法朵"和酒精的刺激，我们三个哼起歌来，在暗夜倾诉各自的忧伤。

不知怎的，不同国度的酸曲最后汇成《国际歌》。布莱顿用英文，朱利安用法文，我用中文，竟如此协调，好像我们一起排练了一辈子。在午夜，在里斯本繁华的大街上，我们昂首阔步，扯起嗓子，高唱这支正被全世界忘掉的歌。

什么时候认识布莱顿的，我记不太清了。十几年前我们肯定在荷兰鹿特丹国际诗歌节见过。那时我刚出国，谁也记不住，人物与日子像扑克洗在一起。我们真正相识应该是1989年以后的事。1990年夏天在鹿特丹，布莱顿突然闪现出来，像个黑桃K。他有一种受难者的威严。皮肤黑黑的，络腮胡子花白，给人印象最深的是他的眼睛，悲天悯人，既热又冷，且带钩，女人得特别小心才是。他长得有点儿像神职人员,但绝不是那种普通的牧师,更不是红衣主教,对了,他正像基督本人——非洲的基督。我管他叫"基督",他愣了一下,"我?"然后呵呵笑了,反过来叫我"毛"。

他是鹿特丹国际诗歌节的决策人之一,几乎年年都去,是个引人注目的公众人物,媒体和听众随时乐于洗耳恭听。他话锋犀利,得理不让人;我本来嘴就笨,加上说英文,说得我理屈词穷。我属黄花鱼的——溜边,倒时不时能碰见布莱顿——在他厌倦公众的时候。跟他在一起很放松,开开玩笑,一来二去,倒成了好朋友。

《自白》是他三卷回忆录的第二卷。第一卷《天堂一季》(*A Season in Paradise*),是关于他在海外流亡三年后的第一次回国旅行。那是1973年,他得到了三个月的签证。1991年曼德拉获得自由后,布莱顿再次回国三个月,完成了第三卷《回到天堂》(*Return to Paradise*)。这三卷回忆录可看作当代南非的个人编年史。我手头只有这第二卷,好像从紧急出口处进入他的生活,从"现在"的位置看他的过去和未来。但丁《神曲》中有三个阶段,从地狱、炼狱到天堂。《自白》肯定是炼狱,是布莱顿一生中最苦的日子。

那位斯纳克上校,早在《天堂一季》旅行快结束时出现过。一天晚上,由他当警官的哥哥出面,请来两位客人,其中一位就是斯纳克上校。那谈话是一种炫耀,让他看看他们对他有多么了如指掌。两年后在机场,斯纳克上校让他握住烟斗,突然说,"游戏该结束了。"布莱顿抽烟斗是出了名的。化名进入南非后,他改抽香烟。有一天,他穿过开普敦的露天市场,经不住烤烟香味的诱惑,买了烟斗烟丝,回到旅馆偷偷抽起来。

布莱顿写道:

> 看看他们如何挖掘一个人的过去,设计他的未来,修改他的现在。我没有私人生活:一切都在他们手中;他们对我知道的比我自己还多。他们有档案,有计算机。他们知道我的方式,我的嗜好,我的附属品,我小小的秘密——我的花园——不管是政治的还是性的……

和布莱顿相处久了,才知道他不是那种天生的革命家——他敏感有如琴弦。这琴弦被风暴狠命弹奏,未断,那真是奇迹。而奇迹又往往源于苦难,正如基督本人的遭遇。

二

今年五月,我从美国去南非德班参加诗歌节。在约翰内斯堡国际机场转机时,听见扩音器在广播:"布莱顿巴赫先生,请尽快到十八号登机门,飞机就要起飞了……"二十三年前,另一个布莱顿巴赫先生就在这儿,在登机前几分钟被捕。

到了德班,在旅馆放下行李,我被领到一家意大利饭馆。布莱顿迎上来,和我紧紧拥抱,说:"伙计,欢迎到非洲来。"我们在巴黎、墨西哥城、里斯本、斯特拉斯堡、香港等地见面,这回可终于到他家来做客了。布莱顿一定不同意我的说法。如今他四海为家,大部分时间住巴黎,夏天在西班牙,每年来南非三个月,在大学教写作,协助组织非洲诗歌节。这时间比例,我想也是南非在他心目中的比例。他没有祖国,属于他自己所界定的那种"中间地带"的人。

今晚是他的画展的开幕式,可惜我晚到了两个小时,刚好错过。作为画家的布莱顿和作为诗人的布莱顿是两面镜子，而布莱顿本人正从中隐形。

我提到在约翰内斯堡机场的另一个布莱顿巴赫。他说，这个名字在南非极少，很可能是他的亲戚。最早的布莱顿巴赫家族来自德国，在非理性的迁徙途中，有荷兰人、黑人、马来人的血液汇入，血缘关系复杂得像块调色板。他祖父是雇农，到父亲这辈日子好过些，按中国的阶级划分大概算个上中农，自己动手挖渠、耕种、采矿。布莱顿哥仨，还有个姐姐。大哥即他在机场被捕时正迎候南非总理的那位，是反游击队特种部队的准将指挥官；二哥是同情法西斯的新闻记者、秘密警察的同路人；布莱顿是个写诗的"恐怖分子"。我最好奇的是他和大哥的关系。"还行，只不过在一起从不谈政治。"他告诉我，在巴黎流亡时，大哥来出差，哥儿俩从一个酒吧到另一个酒吧，一直喝到天亮。

在《自白》这本书中，布莱顿的倾诉对象是一个无所不在的"检查员先生"，有时又管他叫"眼睛先生""我先生"，语调充满了调侃挖苦。依我看，"检查员先生"是个双重角色，既是秘密警察的同谋，又是他身处绝境的内心独白的唯一倾听者。布莱顿若是基督的话，"检查员先生"就是上帝。"啊，检察员先生，你认为我有罪吗？是的，我有的是幸存者的罪。"他写道。

秘密警察头子汉廷顿是个病态的家伙。有一次布莱顿被召到监狱门外，汉廷顿把他正读师范的侄女介绍给他。那个女孩子是他的诗歌迷，发誓要用泪水帮他脱离苦海。汉廷顿还请他到家里做客，带他参观花园。后面就是山，周围似乎无人警戒。是暗示他逃跑？还是陷阱，在逃跑时把他击毙？两个小女儿请他签名留言。午餐快结束时，电话铃响了。汉廷顿接电话回来，问他要不要用他的卫生间洗个澡，甚至可以用他的牙刷。不过请他原谅，他们该送他回去了。汉廷顿把他带回监狱办公室时，布莱顿的妻子莲坐在那儿。

到德班的第三天中午，布莱顿夫妇请我到一家中国馆子吃午饭。五月的南非已进入冬天，但一点儿都不冷，像加州的夏天，阳光明媚。孩子们在海上玩帆板。中国餐馆紧挨着一个大饭店。布莱顿坐在那儿等我。他放下报纸，目光探寻，似乎想知道我对南非的第一印象。我刚写了首诗，是给他的：

……
你释放的疯狂
是铸造寂静的真理

骄傲如内伤闪烁
使谈话暗淡
……
风在阅读车辙
向蓝丝绸以外的疼痛
致敬。

他问起我中国的变化,我告诉他算卦的说我明年就能回去了。他微笑地盯着我。在一个饱经风霜的老流亡者面前,我还嫩了点儿。他回赠一首诗给我,提到算卦的和乡愁,诗中充满了温情。

莲来了,她个头不高,言谈举止优雅。我们从未谋面,仅在电话里说过话。她是华裔越南人,不会中文。他们的婚姻当时在南非是违法的,由于没像中国那样查三代,布莱顿只能是白人,不准和有色人种结婚。布莱顿坐牢时,莲为他全世界奔走呼吁。四分之一世纪过去了,布莱顿动荡生活的阴影在莲的脸上留下痕迹——淡淡的哀愁。莲看布莱顿时有一种怜爱和无奈,好像他是个惹是生非的大孩子。莲告诉我,按汉语她应姓"黄",全名是黄莲。我一惊,没敢告诉她中文的含义。

老板娘是上海人，风风火火。我点了醉鸡、清蒸鱼和家常豆腐，很地道。我和布莱顿喝青岛啤酒聊天。我每次去巴黎，只要布莱顿在，我们总是去十三区的一家名叫"大家乐"的广东馆子。那是难得的闲暇时光。此刻好像坐在同一地方，只是窗外的景致变了。他盯着街心花园的孩子，笑出声来。

审判开始了。布莱顿写道："我能明白一息尚存的老鼠在被蛇吞吃时多么软弱无力——眼睁睁庆祝它自己的死亡。"镶木板的法庭，大概过去是个犹太教堂，令人压抑。审判日复一日，证人进进出出，父亲坐在听众席上，呆呆的。布莱顿被判处九年徒刑。

汉廷顿把他带到办公室，好像对这一严厉的判决既恼火又震惊，而他的部下纷纷进来祝贺。有人甚至把布莱顿带到厕所，给他斟了一大杯白葡萄酒，似乎为了共同庆祝一个重要节日。最后汉廷顿把他带回牢房，戴墨镜坐在对面。他提起他年轻时的幼稚，家境的贫寒，以及他如何从总统的保镖爬到了今天的位置。在讲述中，他脸色苍白，得到了某种类似性高潮的满足。在布莱顿坐牢期间，汉廷顿甚至把他狱中的诗稿拿去出版，但条件是布莱顿必须把诗集献给他。

三

读布莱顿的书不是件轻松的事。他的词汇丰富,还掺杂了法语和南非语,像凶猛的河流;我像过窄的河床,泛滥成灾。有时又相反,我不再是所谓潜在的读者,性急地跳了出来,参与他的写作。我是1975年的布莱顿,被判了九年徒刑。

其实,在踏上我的祖国的那一刻,我已经被跟上。不,甚至更早,在我持格拉斯卡先生的护照在罗马申请签证时,网已经张开了。我刮掉络腮胡子,改变发型,戴上宽边眼镜。在飞往南非的飞机上,我结识了空中小姐安娜,她给了我电话号码。

过海关很顺利。头几天我东游西荡,消失在人群中。我先找到与政治无涉的老朋友,然后和地下组织取得联系。被捕后汉廷顿告诉我,他们甚至在清洁工打扫旅馆房间以前,取走我喝过的每个酒瓶。

安娜打电话到旅馆约我看戏。她的婚姻似乎很不幸,丈夫抛弃了她。她开车带我到约翰内斯堡附近的景点去玩。她外出飞行时，我搬到她的单元去住。

我来到开普敦，在平静的海角镇住下，经常和地下组织的人见面。有一次，他们开车来，发现被一辆白色福特车跟上了。我们东绕西拐，到开普敦市中心，我跳车钻进商场地下室，脱掉风衣，戴上毛帽，从另一个出口冲出去。下午，搭公共汽车溜回到旅馆，没开灯，我从窗口看见那辆白色福特车，有两个家伙在车里抽烟。风急雨骤，海浪拍打着水泥墩。我整夜在销毁文件。凌晨，我从旅馆的后院翻墙，搭上辆公共汽车。到了市中心的终点站，刚下车，那辆白色福特车出现在街口。我拔腿就跑，磕磕绊绊，沿着空荡荡的水果摊位。那场面多少有点儿像三流影片。

我居然逃脱了，躲到一个老朋友家。傍晚他开车把我带走，在另一个城市上了火车。回到约翰内斯堡，找到安娜，她正要和朋友们去爬山，我加入了进去。没想到我自投罗网，安娜本人就是个秘密警察……

不知道为什么，一个中国诗人，对我这段故事特别感兴趣。他竟然要替换我，不仅用第一人称，还要把几十页的内容压缩成这么一小段。

布莱顿，因为我相信，逃跑是一个永恒的主题。不只是你在跑，我也在跑，每个不愿与权力认同的人都在跑。此刻，我回到1998年5月，在南非最大的海港城市德班的市政厅里溜达，这里正举办布莱顿的画展。展厅里人不多，一位老先生对他的画不满地摇头，嘟嘟囔囔。布莱顿画的多是自画像，充满了自我嘲讽。他任意把自己变牛变马，变成毛泽东。有时他头上顶条鱼，那是基督的标志。他的画里充斥着男女生殖器。

他坦率地告诉我，他出狱后为女人发狂，不断更换女朋友。他曾在巴黎和一个黑女人同居，还生了一个孩子。感情纠葛像张网紧紧缠着他。莲接受了这个现实，把那个孩子当成自己的女儿。

我们都不是圣徒，无权对他人的经验做道德上的判断。狱中生活之刻骨铭心，是我们这些有幸站在高墙外边的人无法体会的。我在读《自白》一书时常做噩梦，惊醒时喘不过气来。有时不得不略过一些章节，好像唱针在黑色的旧唱片上跳动。

在南非监狱，刚被判刑的人先要单独监禁三个月，作为"观察期"，而布莱顿的"观察期"拖了近两年。那种绝对的封闭对人的摧残是最深的。布莱顿和蚂蚁说话，与自己下棋，因飞进高墙的鸟而狂喜……

1982年冬天，布莱顿获释回到巴黎。我听说他头半年，每天早起，到他家附近的卢森堡公园，光着脚，绕着圈小跑，边跑边哭。他心理上并没有离开那堵高墙，仍按狱中的作息时间表：每天早上放风半小时。

布莱顿在国际作家议会担任过司库，也就是掌管经济命脉的。国际作家议会的核心成员包括一些法国的思想家，诸如德里达、波杜。布莱顿特别讨厌空谈。1994年秋天在里斯本开会，他接受一家法国电台的访问时说：我们应从法国沙龙式的语言中解放出来。事后他告诉我那是个很小的电台，又是上午的节目，听众不会超过一百，居然被德里达听到了，找他来质问。布莱顿反唇相讥：我有权这么说，如果你还承认我们生活在自由国度的话。

在法国政府、国际笔会等方面的压力下，南非当局不得不在1982年12月2日提前释放了布莱顿。释放是突然的。按原计划莲同一天飞回巴黎，临走前准备再见上一面。12月1日早上，布莱顿被带到城里，在一家高级旅馆的房间，南非当局的某个头面人物见了他。回监狱路上，押送者经过海边时减慢车速，让他把车窗摇下来，呼吸一下带咸味的海风。当天夜里布莱顿给莲写了封信，准备第二天见面时交给她:"……我不知道那个时刻是否已到来。我对今天的一切不敢抱希望。……这些年你离我更近了,更珍贵了。和以往相比,我现在对你所知甚少,你如此的坚强对我来说是个谜……"第二天莲未能如期来探监。布莱顿照常出工。直到中午,他被带到监狱办公室,监狱长宣布了释放的决定。他什么也听不见,站在窗口,看见一朵白云在山头追问寂静。

布莱顿似乎从来没有身份认同的危机。他会讲南非语、英语、法语、西班牙语、意大利语;他现在是法国公民,又持有塞内加尔的外交护照。我问他这是怎么回事。他得意地说,塞内加尔总统是他哥儿们。他答应给我也弄这么个护照,我就可以大摇大摆回国了,或者嘛,把我派到塞内加尔驻北京的使馆,当个文化专员什么的。我还认真了,再细想,人家塞内加尔恐怕清一色黑人,打哪儿冒出来这么个黄脸亲戚?

《自白》接近尾声,我已精疲力尽,要想跟上布莱顿的步子不容易。我突然想跟他聊聊,到处打电话,都找不到他。按时间算他应该在南非。这哪儿说得准?他满世界飞,现在多半正在路上。

书是这样结尾的:"起飞。在大地的上空。小心翼翼更多的香槟。个人的致意。非洲在脚下滑走,我的爱。餐盘端来时的困惑:不记得怎么使用刀叉,还有菜的顺序。只有勺,这么久。这么久。没有一个字,没有。第一夫人黄莲和我握手。她睡着了……我们21点40分将抵达戴高乐机场,那里下雨。完了……"

依萨卡庄园的主人

一

杰曼·卓根布鲁特（Germain Droogenbroodt）是比利时诗人。他经商多年，主要是把德国汽车倒卖到台湾，加速了那儿的现代化和空气污染。十二年前他把公司卖掉，在西班牙亚历山大港附近的小镇阿尔梯亚（Altea）建起庄园，君临地中海。庄园叫"依萨卡"（Ithaca），这名字来自希腊的一个小岛，荷马史诗中的奥德赛的家乡。奥德赛在外漂流了十年，历尽沧桑，终于回到依萨卡。杰曼自比奥德赛，下海二十年，没回比利时，而是在他的精神家园——西班牙定居。

自诩为艺术家的商人我见多了，个个都有这样的梦想。但钱这玩意儿跟权力一样，欲罢不能。杰曼是个例外，他花了二十年工夫，真正买到了自由。

1989年5月中旬，国际笔会在荷兰的马斯特里赫特（Masstricht）开会，我参加了在那儿同时举办的一个朗诵会。

散了会，杰曼开车带我和罗青去比利时的布鲁日（Brugge）。那是个古老的小城，运河纵横，石桥勾连，许多中世纪的建筑保存完好。我们坐在遮阳伞下，喝比利时黑啤酒，看过往游客。杰曼很健谈，问这问那，看来他读过不少关于中国的书。他面色红润，眼睛很亮，下巴蓄着精心修剪过的胡子。傍晚，我们来到布鲁塞尔，罗青飞回台北，杰曼住朋友家，我在一家小旅馆过夜。那房间在二楼，紧挨公路，车一过，玻璃窗叮当作响。

6月在柏林，一场噩梦。我整夜死盯着CNN的新闻，喝得烂醉。

我极度苦闷，给杰曼打电话，他第二天就从西班牙赶来，在我那儿住了三天。他一到，我又有点儿后悔，英文不灵，再说也没聊天的心思。

当晚他请我到一家意大利餐馆吃饭。点过菜，他提到某个意大利葡萄酒的产地和牌子，把侍者吓了一跳，赶紧叫老板。老板过来先用意大利语攀谈，然后下地窖，找来一瓶1969年的陈酒，亲自开瓶，先给杰曼斟上。只见他不慌不忙,先闻闻,再晃动酒杯,呷一口,摇唇鼓舌,良久,随喉结翻滚落肚。还不坏,他终于说。老板吐了口气,喜上眉梢。

杰曼的庄园有个酒窖,藏有五千瓶法国、意大利和西班牙的上等葡萄酒。说明此人有理性,懂得节制和积累,要是像我这样的酒鬼守酒窖,还不喝死?他告诉我,酒是可以赚钱的,关键是懂行。他看中一种普通的法国葡萄酒,味道醇厚,买进四百瓶。两年后这酒晋升成一级,价格飙升,出手,海赚一笔。

杰曼天生是个享乐主义者。全世界的享乐主义者都一样,都有共同的主题——美酒佳肴爱情。他本来该好好活着,却偏偏爱上了诗这苦涩的玩意儿。他有时跟我抱怨:"你看,我躺在地中海阳光下,喝意大利酒,吃法国菜,就是写不出诗来。"依我看,干写诗这行的,要不命苦,要不心苦,两样都不沾,难。

除美酒佳肴,他还满世界自费旅行。哪儿有诗歌活动,哪儿就有杰曼的影子。

1990年夏天,我和杰曼参加了汉城的世界诗人大会,艾伦·金斯堡和俄国的沃兹涅辛斯基也在。艾伦风风火火,一到就拉上我举行记者招待会,要求韩国当局释放被关押的诗人。我口拙,英文差,只能急流勇退。杰曼在一边眯起眼睛,摇着山羊胡子,好像在练书法。他认为艾伦对韩国的政治缺乏了解,这样做太草率。他们俩刚认识,就争起来。杰曼有相当固执的一面,和艾伦这样的人争论需要勇气。艾伦嘴一歪,气得眼珠子鼓起来。

我们还是一起去见了一个地下诗人。那人蹲过多年大狱,说话声音很低,好像随时防范跟踪或窃听。在一家饭馆,他告诉我们更多狱中诗人的情况。

我必须得在国际诗人大会上发言,可会务组不负责提供翻译。没辙,我结结巴巴把大意告诉杰曼,他连比划带猜,加上他的语气和观点,竟用英文写了满满两篇纸,并代我在大会上宣读。英文中有句成语"瞎子领瞎子"(A blind leads a blind),没错,一个比利时瞎子领一个中国瞎子,穿过光明。

我对杰曼充满了感激之情。在我流浪的路上,特别是在北欧的冰天雪地,杰曼的信,总是带来地中海温暖的问候。他几乎每次都在信尾这样写道:"亲爱的朋友,记住,依萨卡就是你的家,欢迎到依萨卡来!"

二

1992年冬天我住在荷兰,从那儿来到依萨卡。事先跟多多约好,他带荷兰女友先我一步,早到了两天。荷兰的冬天凄风苦雨,没有阳光。我们常去室内游泳池,在太阳灯下烤烤,其实那跟烤鸡没多大区别。塞足硬币烤上半个钟头,把自己烤得半生不熟。

我一下飞机就咧嘴笑了——地中海遍地是阳光。杰曼开奔驰车来接我,在亚历山大港兜了一圈,上了付费的高速公路。由于收费高,车辆稀少。丘陵起伏延伸,仙人掌在太阳下打盹儿,一片被雷电烧焦的树林闪过。到了阿尔梯亚,沿盘山道三转两绕,来到依萨卡庄园。铁栅栏门自动打开,女主人利丽安(Liliane)大呼小叫,拉住三条黑狗。只见她忙上忙下,把杰曼侍候得像皇帝。看杰曼时,她的目光充满了崇敬。享乐主义者除了有钱有闲,还得有这样的老婆才行。

三只狗属于最凶恶的那类,脾气暴躁,翻脸不认人,当地人一见就筛糠,有效地阻止了贼对杰曼财富的惦念。它们相貌丑陋,对眼,腱子肉在皮下抽动。最好别多看,否则对上眼，上来就是一口。

这里的确需要恶狗看家护院。依萨卡庄园占地十多公顷，光各种果树就有好几百棵，包括中国的荔枝。花轮着班开放。杰曼在信中说，任何季节，随手可摘到果子吃。非妄言也。房子是根据杰曼的意图造的，以西班牙风格为主。到处是真假古董，有希腊柱头、印度佛像、中国花瓶、非洲木雕，显得有点儿杂乱。没关系，这就是杰曼的风格，他全世界旅行的结果。

在山坡上有个巨大的鸟笼，环绕一排椅子。杰曼每天早起爬坡，坐在鸟声中看报，倒是挺浪漫。倘若鸟屎落在头上，岂不败坏了一天的心绪？

地中海的冬天，中午到摄氏25度。我光膀子趴在阳台上晒太阳，驱赶骨头缝里的荷兰潮气。正昏昏欲睡，杰曼笑眯眯地出现，拉我去干活。他管我叫"八月的梦游者"，这是我一本诗集的名字。

杰曼又是个工作狂。除了写作翻译，他还办了个小出版社，每年出五到十本诗集。杰曼的书房是依萨卡的"正殿"，面对湛蓝的地中海。我们合作把米戈尔·赫尔南德兹（Miguel Hernández）的一组诗翻成中文。他是西班牙最重要的诗人之一，身世悲惨，病死在佛朗哥监狱中。

杰曼通晓多种语言,他把原作和英文、德文、荷兰文翻译对照比较。有时为了一个词,我俩在屋里转磨,直到夜色流淌出来。

利丽安做了一桌好菜,银器和水晶杯相辉映。杰曼搓搓手,到酒窖选来几瓶好酒。待三杯酒下肚,他痛斥当代诗歌的无病呻吟,提及葡萄牙诗人佩索阿(Fernando Pessoa)所倡导的"感觉主义"(Sensationism),嚷嚷要搞一场新的诗歌运动,多多和我齐声响应,于是"新感觉主义"(New Sensationism)在依萨卡庄园诞生了。说干就干,杰曼准备宣言,找来笔墨和日本纸灯笼,让我把这旗号写在上面。一激动,他又奔酒窖,拎回两瓶二十多年的陈酒,举杯祝贺。我有些不支,周围的菩萨天使旋转起来。

第二天一早,杰曼开车上路。我们先去奥里韦拉(Orihuela)——赫尔南德兹的故乡,离依萨卡不远。这多少有点儿祭祖的意思。他的故居家徒四壁,一幅巨大的黑白肖像照片显得突兀。他只活了三十二岁,短促的一生充满苦难,却写出辉煌的诗篇。

一路往南,我们直奔格拉纳达(Granada),那是洛尔迦的故乡。

绿啊，我多么爱你这绿色。

绿的风，绿的树枝。

船在海上，

马在山中……

由于戴望舒的翻译，洛尔迦成了我们那代人的启蒙老师，对我们一生都有重大影响。他和赫尔南德兹是同时代人，命运相似，1936年被右翼长枪党杀害。他的故居是个小博物馆，有很多实物、照片和音乐。洛尔迦的目光敏感而忧郁，越过半个多世纪的战争和苦难盯着我们。

在那儿可以看到不同文化的奇特融合。格拉纳达是来自北非讲阿拉伯语的摩尔人于八世纪建立的，他们统治长达七百年之久。代表摩尔文明的阿尔罕布拉（Alhambra）被认为是世界上最美的宫殿之一。有多少摩尔幽灵绕开游客，穿过回廊水榭，消失在秘密的石门中？

弗拉门哥（Flomenco）民间歌舞，服装艳丽，节奏明快，充满了激情，是吉卜赛、摩尔和安达卢西亚文化的结晶。我们混进一个小区俱乐部，舞蹈者在台上旋转时，全体观众跟着用手掌的不同部位击出复杂的节奏。

"看，我为什么要搬到西班牙？"杰曼得意地说。他鼓动我也搬来,在依萨卡附近买栋小房子。我还真动了心,掰指头算了算自己的经济实力。

"新感觉主义"诗歌运动不能就此罢休,杰曼有更多的计划,盘算在依萨卡办个诗歌节。他把我带到海边的一个圆形小广场,台阶环绕,惊涛拍岸。这就是舞台,听众在前,夕阳在后,加上音乐伴奏,怎么样?典型的杰曼式的浪漫主义。

我还以为他说说而已,一个人的能力毕竟有限。没想到这位老兄拿出推销汽车的本事,敲开所有官僚的门,哄骗他们掏钱。三年后,即1995年春天,我再次来到依萨卡,"海岸国际诗歌节"(La Costa Poetica)真的由杰曼自己拉开了帷幕。这回可把利丽安忙坏了,她身兼秘书、会计、司机、采购、厨师、导游。由两口子办的诗歌节,恐怕全世界绝无仅有。

诗歌节结束了,利丽安两眼发直,杰曼笑声空洞。

杰曼总是花样翻新。去年他发起了所谓"行星意识"的国际诗歌计划,并建立了"反污染"诗歌网站,我眼看跟不上趟了。如今这年头,能把诗歌看得这么重的人还真不多。

我刚收到杰曼的信,他告诉我去年是个诗歌的丰收年。他6月去了荷兰鹿特丹诗歌节,接着是意大利。8月在捷克参加世界诗人大会,一位爱尔兰诗人请他去都柏林诗歌节。他的诗集《道》(*The Road*)及配画,在比利时的安特卫普书展上展出,十天内他朗诵了七次。然后又去了维也纳……

信的结尾处他谈到中国政治的晦暗,及美国克林顿公司的蛮横,并引用了自己的诗句:"没有影子／比它的光更长。"他最后写道:"依萨卡的太阳在等待你……"

马丁国王

一

头一次见马丁（Martin）是1985年6月初。我们先在柏林照了一面，紧接着来到他的鹿特丹国际诗歌节。他五十出头，身材敦实，肚子凸起，头发正在哗变——脱落褪色，那是转变之年的白旗。他的笑容像面具但又不是面具，而是一种持久的乐观态度。他于1970年创办的鹿特丹诗歌节，如今成了世界上最大的诗歌节。马丁乐呵呵地穿过二十多年的隧道和想象的开阔地——何止是诗歌节主任，他简直就是诗歌界的国王。

我们住的那家小旅馆在鹿特丹市中心，是"二战"联军轰炸中仅存的几栋建筑物之一，仍保留战前的风格。墙上挂着多桅帆船的油画和黄铜的舵轮。大厅的皮沙发笨重而舒适。门房认识每一个客人，跟他们闲扯。每天晚上朗诵后，诗人聚在旅馆的酒吧喝一杯，烟雾弥漫，与各种语言混在一起。

马丁专门派了个翻译小姐给我，有人开玩笑说："北岛整天被只花蝴蝶围着。"那位小姐调皮任性，高兴时翻两句，要不然干脆颠覆文本，你说东，她偏说西。我那时英文差，和马丁对话只能通过她。交流与否倒不要紧，可别无缘无故把人家臭一顿。看来我的担心是多余的：马丁一直在笑，毫无保留地笑。

诗歌节结束了，马丁留我在他家过夜，第二天一早送我去机场。那天晚上，马丁夫妇开车带我和翻译小姐到一个城堡去喝啤酒。他兴致很高，谈到他未来的计划。如果翻译正确的话，他要请更多的中国诗人来，把中国诗歌介绍给荷兰读者。他脸色红润，在这个年纪上可是个危险的信号。说完某句话，他会突然愣住，似乎在倾听自己的回声。那是我头一回出国，什么都新鲜。记得我们坐在酒吧外边，头上是梵高画中燃烧的星星。那天我喝多了，舌头转不过弯，跟着马丁傻笑。我突然站起来，摇摇晃晃去找厕所，那一张张放满酒杯的桌子漩涡般漂走。

流亡海外，我请马丁再带我去那个城堡喝啤酒，可他老人家怎么也记不起来了。

1987年我们一家住在英格兰北部的小城杜伦（Durham），我在大学教中文："你叫什么名字？"

"我叫马丁。"马丁来电话说，他和助手尤克（Joke）要到伦敦出差，想过来看看我。那是1988年春天，英格兰北部依旧很冷，天阴沉沉的。火车晚点一个多钟头，害得我苦等时，把十英镑塞进吃角子老虎机。马丁和尤克那天都穿米黄色风衣，像兽医和他的护士。我终于可以结结巴巴跟他们对话了。马丁说英文带浓重的喉音，含混不清，好像在喝很苦的中药。

他们要搭当天的火车赶回去，只能待两三个小时。我们围一壶茶坐下。尤克属于那种典型的荷兰女人，红脸蛋高颧骨，在马丁的带动下仓促地笑。她名字在英文中的意思是玩笑，其实人很严肃。他们提议看看邵飞的画。画一张张摊开，英文的赞叹中夹杂着荷兰文的嘀嘀咕咕。最后马丁郑重宣布：请邵飞和我一起去鹿特丹，在诗歌节期间为她举办画展。

那年夏天来得早，有几张我女儿的照片为证。她那年只有三岁。一张在风车前，她穿着蓝白相间的连衣裙，皱着眉头；一张在鹿特丹港口的游艇上，几位诗人正逗她玩；还有一张是邵飞抱着她在梵高美术馆里，她龇着门牙，像个小兔子……当然，这些生活细节与马丁国王无关，他是属于大家的，属于被称之为诗歌的那块圣地的。诗歌节开始了，马丁像个活动靶子频频移动，嘴咧到耳根，眼睁睁的谁也看不见，向有人没人的地方挥手说哈罗。我知道，这纯粹是给累着了。你想想，一打掏腰包的官僚商人，好几十号难缠的诗人，再加上千口子挑剔的听众。当年毛主席接见红卫兵，也只不过远远地挥挥手，绝不敢走得太近。

那年请来的中国诗人除了舒婷和我，还有马高明，他跟荷兰汉学家柯雷（Mighiel van Crevel）合译的《荷兰现代诗选》刚出版。不知为什么，马高明最后一分钟才拿到签证，带着新婚妻子，猴急地搭上世界最贵的瑞士航空公司的班机，一下子花掉两万多瑞士法郎。这两张机票拿到诗歌节，谁碰烫谁的手，引起组织者内部激烈的争吵，把梦游的马丁惊醒了，他凭第六感官，一见中国人就躲得远远的。我要找马丁说点儿事，他离我五十米远就拐弯了，向一排柱子招手致意。

二

89年我在西柏林。马丁写信打电话，除了安慰我，主要是打听一些中国作家的下落。他表示，他和同事将尽其所能，唤起全世界诗人对中国同行的关注。1990年的诗歌节上，他们把一年一度的狱中诗人奖授予中国诗人宋琳，由前获奖者罗马尼亚诗人代他领奖。颁奖仪式肃穆隆重，搞得有点儿像追悼会。马丁收敛了笑容，像牧师在为亡灵祈祷。由于消息不灵通，就在那个时刻，宋琳已从棺材里溜出来了，正骑自行车穿过上海晾满衣服的里弄。

强调诗歌与政治的密切联系，是马丁国王的基本国策。作为一个荷兰人，这无疑是对的：从西方人道主义出发，关怀人的声音，与禁锢这声音的势力做斗争。可惜并没有所谓放之四海而皆准的真理。问题是在被营救者看来，真正的反抗也许恰恰是让诗歌疏离政治，疏离国家话语，从而摆脱历史的恶性循环。这种东西方的错位有时候是一种默契，有时候又是个残酷的玩笑，令双方都很尴尬。

此刻我坐在书桌前，试着回忆马丁的形象，突然感到茫然。算起来，我参加过四次诗歌节，一次小说节，又在荷兰住了十个月，而马丁给我的印象是破碎而矛盾的。他五十岁以后我才认识他，没有任何他曾年轻过的证据。再说，诗歌节期间不能算数，马丁被公众包围，六亲不认。即使只有我们俩在一起,他也不谈自己。其私人生活藏在大幕后面,当大幕拉开,他早已收拾利索,向观众致意。

我记起这样的场景:在鹿特丹下火车,穿过车站广场,在高楼大厦中拐两个弯,来到空荡荡的剧场。诗歌节办公室占其一角,堆满海报和小册子。马丁国王迎出来,跟我紧紧拥抱。他的拥抱是法国式的,非得把腮帮子两边都啃到才罢休。我个儿高,不得不弯下腰,还得保持平衡。一年一度的诗歌节还没开始,马丁头脑清醒,谈笑风生,关键是他能看清我是谁,这对客人来说比什么都重要。问过我的家人和中国后,他神秘地掏出封信,是马高明的,密密麻麻的五篇纸。他要在北京组织一个规模庞大的诗歌节观光团,专程来鹿特丹摇旗呐喊。马丁嗫嚅道:"他疯了,他疯了。"但能看得出来,他打内心里赞赏马高明。没有这种疯狂,他当年也绝不可能办起这么个诗歌节。

马丁与官僚商人保持良好的关系,这是诗歌节成功的钥匙。请他们在开幕式上致辞,让出最显要的位置,陪酒陪饭陪笑脸。但马丁也有自己的原则,比如他虽然穿西服,但从不打领带,这是一种身份标志,表明他是站在不修边幅的诗人这边的。荷兰女王要接见他。皇室的人通知他必须穿戴整齐,包括领带。被马丁一口回绝。后来女王知道了,颁发特许令,才有幸和不打领带的马丁国王见上一面。

写到这儿,我突然有一种冲动,翻箱倒柜,找出马丁的电话号码。"哈罗,"他的声音微弱。我让他猜猜我是谁,听他支支吾吾,只好招了。他惊呼,好像他家突然着了火。"北岛?是你?我一直在找你。"寒暄几句,他又讲起那个老掉牙的故事。"……当时我问那个中国老诗人,北岛在哪儿?他回答,北岛根本不存在,因为他不在我们的系统里。你看,我还是把你找到了……"那是一种发现的快乐。我把话岔开,问起他的生活。"你知道,退休是件困难的事,我又建了个叫'各民族诗人'(Poets of All Nations)的基金会……今年6月我们去了哥伦比亚。那儿很穷,可一场朗诵有八千个听众!简直难以置信。"马丁国王越说越来劲儿,诗歌是他生命的动力。他告诉我,他下个月去中国,在北京会见到马高明。"他正在编一本厚厚的《国际诗歌年鉴》,由我们基金会赞助。当然,我还记得那两张机票,对我们也是笔大数目。是啊,他还是照样喝,这没关系,他有的是好主意……"

三

退休，对马丁来说是块心病。我找到两年前他发给我的电传："你也许知道我已离开国际诗歌节了，因为年龄的缘故。去年第二十七届诗歌节以后，我六十六了，在这个国家，六十最多六十五就得停止工作，我非走不可……"他在字里行间一步一叹息。

自1992年10月到1993年夏天，我在荷兰的莱顿（Leiden）大学做驻校作家。这职位是专为流亡作家设置的，马丁是推动者之一。从莱顿到鹿特丹坐火车四十分钟，按美国标准，等于住在同一个大城市。可我不常见马丁，一来他是个大忙人，再说那阵子我整天跟自己过不去，根本没串门的心思。我们多半打打电话，马丁有一套程序，总是先问起我的家与国，再谈正事。

记得1993年春天，我专程去看马丁，并约好一起吃午饭。我们去了一家相当地道的广东馆子，就在诗歌节办公室附近。那天尤克也在，她的脸像月亮反射着马丁的阳光。我们边吃边聊。说到得意处，马丁又拿出马高明的信给我看——那是他青春的证明。他和尤克送我上火车。太阳暖洋洋的，经历一冬凄风苦雨的荷兰人在车站广场散步。马丁突然说他老了，还患有糖尿病。我说你该退休了。马丁转过头来，惊奇地扬起眉毛，表情古怪，白色胡茬从粗大的毛孔钻出来。他盯着我，似乎在察看有没有什么阴谋。"是啊，这是个好主意，"他苦笑着说，"可我有的是精力，再说退了休，我能干什么？"是啊，国王怎么能退休呢？

马丁国王在位二十七年，于公元1996年被废黜。

关于此，有很多传闻，我宁可不闻不问。接他班的是个年轻女人，有个俄国名字：塔吉雅娜（Tatjana）。她告诉我，这名字是她父亲热爱普希金诗歌的结果。两年前我们在巴黎诗歌节见过面。她是那种新型的职业妇女，精明强干，生气勃勃，和马丁的作风完全不同。马丁国王是被民主制度废黜的，大势所趋，也是没办法的事。听说马丁不服气，要另搞一个国际诗歌节，分庭抗礼。我真为马丁难过，想写封信，劝他放弃复辟的企图。可这年头，谁又能说服谁呢？

"所有权力都有腐蚀作用，绝对权力有绝对的腐蚀作用。"这是帮我做翻译的柯雷用英文教我的，对我来说像个绕口令。那是1992年夏天，在鹿特丹诗歌节上。

在马丁国王执政的晚期，早已出现种种不满，起初声音微弱——几只苍蝇，渐渐变成轰鸣。我相信，马丁既听不见也看不见。诗歌节期间他把布蒙在眼睛上，跟大家捉迷藏。"那是王位上奇妙的孤独。"让我想起芬兰女诗人索德格朗（Edith Södergran）的诗句。

在每届诗歌节前的例会上，马丁的演讲越拖越长，尽是陈词滥调，加上发音含混不清，令人昏昏欲睡。他的老婆儿子全都卷入诗歌节，从义务工作开始，一步步接近权力的中心。还有一种批评，认为马丁请来的都是他的老朋友，诗歌节搞得像个家庭聚会。这么说来，我也算个受益者。其实这是马丁创建诗歌节的宗旨之一，让某些诗人重复出现，通过时间展现他们的变化。

提起那些名诗人，没有他不认识的，谁谁当年还是个愣小伙子，谁谁死了，谁谁得了诺贝尔奖，谁谁刚来看过他……山高不过马丁的脚，不少诗人都是他发现的。他从来都说别人的好话，除了沃尔克特（Derek Walcott）。"他诗写得还不坏，但为人太傲慢。"马丁跟我说。

有一年诗歌节，他的儿子马克（Marc）去机场接他。为方便起见，马克把车停在旅馆停车场。而沃尔克特却坚持让他把车开到旅馆门口，并为此大发雷霆。

我真想认识一下青年时代的马丁，做国王以前的马丁。比如他当年头发的颜色，他的笑声，他的诗歌梦想。我认识好几位荷兰老诗人，都是马丁多年的朋友。我应该去找他们问问，关于那个年轻的马丁。恐怕是众说纷纭，甚至包括头发的颜色在内。要说马丁的阅历可算是相当丰富了，他当过夜校老师、出版社雇员、书店经理、文学杂志编辑、报纸评论员，翻译了不少德国文学作品，编过好几本国际诗选。1969年，他进了鹿特丹艺术委员会，触到权力开关，打开诗歌节的大门。其实连履历也是值得怀疑的，一个过程而已，与生命本身并无多大关系。

我跟柯雷在长途电话里聊起马丁："回过头看，马丁做了那么多重要的事。"

"你用不着说服我，他的功绩我们全都知道……"柯雷有点儿不耐烦。

"不，我是想说服我自己。"

辑三

后　院

一

起风了。我站在窗前发愁,眼看后院四棵橘子树和从墙外探进身来的三棵野树的所有树叶,都要落进我家游泳池里了。那意味着绝望的劳动,刚捞起一拨又来一拨,要是鱼或者美元倒也罢了,与天奋斗的结果竟是一堆烂树叶。

不管怎么说,我还是喜欢后院,与前边草坪相反,它代表了某种私人空间。依我看,在每家门前铺草坪,准是联邦调查局和建筑商串通好的——标准美国公民的思维方式肯定与这有关,没有一丁点儿怀疑的阴影。其实草坪之间有一种对话关系,正如处在英文环境的外国人,永远理屈词穷。当你家草长高变黄,平整碧绿的草坪和主人一起谴责你。你得赶紧推割草机,呼哧带喘。特别是三伏天。一转身草又蹿得老高。我家那台割草机是二手货，点火有毛病。我铆足了劲，猛拉数十下，纹丝不动，汗早顺着脖子流下来。脱光膀子，再拉，割草机终于咳嗽了一声，突突吐出黑烟。不过想必那姿势相当绝望，邻居们准躲在窗帘后边看热闹。

我有时坐在后院的木摇椅上看摇荡的天空。四年前我们搬进来时买的这摇椅，费了好大劲儿才装起来。圆木支架的木纹随年代旋转，在阳光下闪耀。戳在那儿，怎么看怎么像个崭新的绞刑架，坐在上面多少有点儿不安。如今这摇椅被风雨染黑，落满尘土，很少再有人光顾。当初买这房子头一眼看中的是游泳池，清澈碧蓝，心向往之，连第二栋都没看就拍板成交了，这恐怕在本城房产交易史上还是头一回。谁想到这个游泳池可把我治了。除了入冬得捞出七棵树上的所有树叶，还得捞出无数的蚂蚁飞蛾蜻蜓蚯蚓蜗牛潮虫。特别是蜻蜓，大概把水面当成天空了。这在空军有专业术语，叫"蓝色深渊"，让所有飞行员犯怵。除了天上飞的，还有水下游的。有一种小虫双翅如桨，会潜水。要是头一网没有捞着就歇着吧，它早一猛子扎向池底。虽说有水下吸尘器可帮忙打扫游泳池底部，但任何机器都得有人跟班。比如要掏空吸尘器网袋里的脏东西，清洗过滤嘴，调整定时器，及时检修动力及循环系统。另外，水要保持酸碱平衡。先得测试，复杂程度不亚于化学实验室。用大小两个试管取水，再用五种不同颜色的试剂倒腾来倒腾去，最后根据结果在水里加酸兑碱。这道程序还省不了，否则就给你点儿颜色看看——变绿，绿得瘆人；变浑，浑得看不见底。池壁上长满青苔，虫孽滋生。前不久出门两周，由我父母看家，回来游泳池快变成鱼塘了。

我们后院有一个巨大的蚂蚁王国，时不时地攻打我们的房子，特别是凄风苦雨天寒地冷的冬天。先派侦察兵进屋探路，小小不言的，没在意；于是集团军长驱直入，不得不动用大量的生物武器一举歼灭。有一种蚂蚁药相当阴损，那铁盒里红果冻般的毒药想必甜滋滋的，插在蚁路上，由成群结队的工蚁带回去孝敬蚁后——毒死蚁后等于断子绝孙。这在理论上是对的。放置了若干盒后，我按说明书上的预言掰指头掐算时间，可蚂蚁王国一点儿衰落的迹象都没有，反而更加强盛了。我估摸蚁后早有了抗药性，说不定还上了瘾，离不开这饭后甜食了。

人的同情心有限，没听说哪儿成立了保护蚂蚁协会的。就社会属性而言，蚂蚁跟我们人类最近。看过动画片《小蚁雄兵》(Antz)后,我还真动了恻隐之心。可紧接着蚂蚁大军杀将进来,只能铁下心。

和蚂蚁相反,蜘蛛代表了一个孤独而阴郁的世界,多少有点儿像哲学家,靠那张严密的网吃饭。它们能上能下,左右逢源,在犄角旮旯房檐枝头安身立命。那天来了个工人检修游泳池,他打开池边的塑料圆盖,倒吸了口凉气,狠狠地用改锥戳死了个圆盖背后的住户。他翻过来让我看,那蜘蛛腹部带红点。他说这叫"黑寡妇",剧毒,轻则半身不遂数日,重则置人死地。

二

冬去春来,我们后院来了对燕子做窝,这还是我女儿发现的。隔着玻璃拉门,只见房檐下大兴土木。两只燕子加班加点,衔来泥土草根,用唾液黏合在一起。这和我们吃的燕窝类似,不同的是,正宗的燕窝是在海边绝壁上,建筑材料都是小鱼。忙乎了一个星期,窝落成了。我是建筑工人出身。出于同行间微妙的竞争心理,我围着它转悠,不得不肃然起敬——这纯粹是嘴上的功夫。虽说从建筑学的角度来看:一个阳台而已,还得靠人类的屋檐遮风挡雨。

孵化过程是静悄悄的,就像写诗,得克服不良的急躁情绪。和那燕窝只一窗之隔,我伏在电脑前,卡在破碎的诗句中。突然我女儿叫我下楼——两只小燕子孵出来了。父母又忙乎起来,衔食物飞上飞下。小燕子闭眼张着大嘴,凄声尖叫。

真正威胁它们存在的是我们家的两只猫哈库和玛塔。算起来,这两只猫折合成人的寿命——正好"三十而立"。胸无大志,再说也无鼠可抓。这个没有老鼠的世界是多么无聊啊!美国猫聚到一起,准是一边打哈欠一边感叹。几代下来,大概遗传基因早就蜕变了,见老鼠不但没反应,说不定还会逃窜呢。哈库和玛塔整天呼呼大睡,有时也出门溜达溜达。它们有自己的小门,嵌在人的大门上。当人被防范之心阻隔时,它们则出入自由。

要说它们才是后院真正的主人。在草坪如厕,在泥土里打滚,到游泳池边喝水照镜子,上板墙眺望日落。这两年哈库发福了,不再灵活。而玛塔身手不凡,只轻轻一跃,就上了一人高的板墙,再一跃就上了房。头两年,它们经常叼回小鸟、蜻蜓、蚂蚱之类的活物邀功请赏,但迎头就是一顿臭骂,甚至饱以老拳。大概在猫的眼里,人类是毫无理性的。此后省了这道手续，自个儿在外边吃点儿喝点儿算了。后院常发现麻雀羽毛，即是证明。美国麻雀傻，一点儿也不像它们的中国同胞。记得当年在北京西郊，百步开外，我一举气枪，麻雀从电线上呼啦啦全都飞走了。

而美国燕子不同，毕竟走南闯北，见多识广。它们先勘测地形，把窝建在猫爪根本够不着的地方。夏天来了，小燕子长大了，跟父母出门学飞。眼见这"阳台"对四口之家过于拥挤。一天早上它们全家出门，再也没回来，大概去寻找更暖和的地方。我回到书桌前，心空空如也。

女主人出门了，由她照看的二十来棵玫瑰紧跟着枯萎了。我本以为玫瑰是生命力极强的植物，开起来没完没了。突然间，她们像灯一样全都熄灭了，整个后院暗下来。我每隔一天拉着水管子浇水。除了浇水，还要剪枝施肥喷洒杀虫剂，总之得关怀备至才成。我本来就不喜欢玫瑰——刺多，开起花来像谎言般不可信，一不留神划你道口子，疼得钻心。我常遭此暗算，尽量躲远点儿。

玫瑰熄灭了，后院又被四棵橘子树照亮——满树橘子黄灿灿的。不知是品种不好，还是照顾不周，太酸，酸得倒牙。只好让它们留在树上，随风吹落，那些顽强的一直能熬到第二年夏天，和下一代橘子会面。其实四棵树中有一棵是柚子树，一点儿也不张扬，每年只结两个大柚子，像母牛硕大的乳房。剥开，里面干巴巴的，旧棉絮一般。

后院西南角种了棵葡萄树，眼看快把支架压垮了。葡萄秧是朋友给的，随手插在角落，没当回事。谁想到悄没声儿的，两年的工夫竟如此这般。我担心有一天它顺着支架上房，铺天盖地，把我们家房子压垮。再细看那些葡萄须子，如官僚的小手，为攀升而死死抓住任何可能。生长的欲望和权力相似，区别是权力不结果子。葡萄熟了，一串串垂下来，沉甸甸的，根本没人吃，让它们在树上烂掉。我想起三十年前背诵过的食指的诗"当我的紫葡萄化为深秋的泪水……"

天色阴下来。隔着窗户，我看见哈库正在后院转悠。他太胖，腹部垂下来，但走起路来有老虎般的威严，昂首阔步，微微抖动皮毛。一阵狂风，七棵树前仰后合，树叶和橘子纷纷落进游泳池，吓得哈库一哆嗦，转身逃走。

乡下老鼠

一

美国有这么个童话故事：一个乡下老鼠请城里的老鼠到乡下做客，用玉米、土豆和谷子招待他。饭后城里老鼠不吭声，只是请乡下老鼠到他那儿去做客。有一天，乡下老鼠进了城。让他惊讶的是，城里老鼠吃的比他好十倍：干酪、奶油、火腿、蛋糕等。正大吃大喝，城里老鼠惊呼："快逃命，恶猫来了！"四爪狂奔，刚逃过一劫，又差点被满街飞跑的汽车轧死。最后，乡下老鼠喘着气说："我还是在乡下过太平日子，总比这好吃好喝可处处担惊受怕的生活强。"

我就是这么只乡下老鼠，整天仰望蓝天白云。要说此前我也做过好几十年的城里老鼠，"四十不惑"那年大惑，我满世界流亡，神不守舍。五年前终于搬到加州的小镇，定居下来。每回到城里做客，好吃好喝，还是惦记乡下的太平日子。

和北京相比，我们小镇真正算得乡下了。五万来人，除了一家西红柿加工厂，无任何工业。四周全都是农田，一马平川，远处倒是有山——望山跑死马。加州大学戴维斯分校的农学院在全美国数一数二，由于用动物做实验成了绿色和平组织攻击的重点。市内主要交通工具是自行车。本地报纸无新闻，每天公布的空气污染指数低得让人产生错觉，以为生活在另一个星球上。

我每天是在鸟叫声中醒来的。仔细听去，两只红嘴山雀之间的调情过于夸张，一只喜鹊呱呱地说着单口相声，一群麻雀像野小子招摇过市。

住在巴黎，我每天半夜两点准醒。对面酒吧关门，酒鬼被轰出来，在街上鬼哭狼嚎。早上6点25分，再次被垃圾车吵醒，赶紧用枕头堵住耳朵，没用。那车重如坦克，轰隆隆震得人心慌。它横行直撞，似乎要直接开进屋里，把我也装走。这让我想起小时候，家住北京三不老胡同，对面就是家纺织厂，仅一街之隔。到了夏天，厂房上的窗户统统敞开，就像一百个喇叭朝我们喊话，用的是最单调的语言。每星期五厂休，静得倒让人受不了，夜里翻来覆去睡不着，盼着人家赶快开工。

要说这和纽约的噪音相比实在算不了什么。前两年某日，我住纽约曼哈顿中城的一个朋友家。半夜3点，一阵清脆的枪声，紧接着警车呼啸而至，第二天早上看报纸才知道是匪徒交火，一死两伤。你跟纽约人提这个，人家嫌你少见多怪。

别忘了纽约的人是在枪林弹雨中长大的，有极其坚韧的神经。据说要是街上有人开枪，多数纽约人像游击战士那样经验丰富，最多低头哈腰，避开危险。他们随后会几句脏话，弹弹灰尘，舒展一下腰肢，继续奔向各自的战场。

我在巴黎被抢过，不多，就一回。那是晚上11点多钟，朋友开车送我，在东站附近的临时住处下车。我发现两个男人尾随在后，一高一矮。矮个子紧走了两步，和我并排，用蹩脚的英文说："钱！我们有枪！"我往后扫了一眼，大个子把手揣进怀里，那架势不像有枪，倒有可能是个箭疥疙瘩。我磨磨蹭蹭，刚掏出一百五十法郎，他们就迫不及待地一把夺走，逃之夭夭。第二天我路过附近酒吧，看见那两个业余强盗正用我的钱喝酒呢。

我认识个丹麦汉学家。他头一回去纽约，拿地图在曼哈顿街头东张西望，突然一个黑人亲热地搂住他，刀尖顶在腰眼上。没辙，他只好从上衣口袋往外掏钱，本想五块十块打发打发算了。可美元的颜色尺寸全一样，一不留神，他抽出张一百美元的钞票，黑人一把攥住他腕子。他急中生智，大骂美国的种族歧视。黑人乐了，打了个折扣降到八十块。他接着大骂当时的总统里根，骂得狗血喷头，黑人拍拍他肩膀——哥们儿，你真够意思，降到五十吧。临别，汉学家和强盗互相握手，难舍难分。

能碰上这么通情达理的强盗，那是运气，当然最好是别碰上。自八十年代初起，大批大陆留学生涌进美国大城市，穷，只能住最差的地区。面对危险，各有各的高招。我在纽约见过个大陆留学生，他打扮特别：黑呢大衣、墨镜，黑礼帽压得低低的，歪叼着烟卷，两手揣兜，螃蟹般横着走路——典型的好莱坞电影里三四十年代联邦调查局探员。虽说这打扮有点儿过时，可还是让恶人心里犯怵，尽量躲他远点儿。

大理是我的中学同学。他在纽约读了四年书，住哈雷姆——纽约最危险的黑人区。他问我他横刀立马于乱军之中，何以毫毛未损？我猜必是一身功夫了得。不，他神秘地摇摇头，掰着手指头，总结了三条经验：第一条，见到可疑分子聚首,要摧眉折腰,过马路绕着走;第二条,若躲闪不及,要盯住其中可能是头目的眼睛,让他知道你记住了他,以减少犯罪行动;第三条,也是最关键的一条,一旦有人尾随过来,要马上冲向附近的垃圾箱翻找东西。

我不懂。大理嘿嘿一乐,要是你比他还穷,抢你干吗?

二

俄国著名的大提琴家罗斯特罗波维奇(Mstislav Rostropvich)说过,大都市的人匆匆忙忙奔向死亡。这话在理。你想想,那些城里老鼠整天疲于奔命,就像上了发条,除了睡觉,哪儿有歇的时候?其实生命过程就是一种体验,若无清闲,哪儿来的体验?时间被填满了,压缩了。一年短如一日,唰地过去了。

我们有娱乐,城里老鼠总是这样说。其实娱乐是跟空虚绑在一起的,像工作一样也是时间的填充物,不可能带来真正的清闲。人们是因为惧怕孤独才聚到一起去的。再说如今想看电影用不着非得住在大都市。很多人附庸风雅,为头一轮电影打破头,第二天上班会友总算是有了谈话的资本。让我最受不了的是城里人精心打扮去听古典音乐,又不是参加婚礼舞会,那纯粹是花钱受罪——忍住咳嗽憋着尿还不敢大喘气,一不留神打了个盹儿,被掌声吵醒跟着起立欢呼,非得让人家再来一遍,否则绝不罢休。这不是有病吗?听音乐本来是私人的事,应该关起门来,用不着搞得那么轰轰烈烈。

而我们乡下老鼠……

我的纽约朋友艾略特(Eliot)反过来嘲笑我说:"什么乡下老鼠,你是郊区老鼠。"

郊区(suburban)在美国是一种很特别的概念。它是指那些住在大都市郊区的中产阶级的生活方式,以及与此相连的文化意识形态。一般来说,他们玩命工作,开丰田Camry汽车,吃快餐,为住好学区勒紧裤腰带,贷款买房子置地,割草养花,跑步遛狗,关门看电视吵架自找麻烦,再花钱看心理医生。有部电影《美国美人》(*American Beauty*)讽刺的就是这种郊区生活。

仔细一想,在美国真正的乡下老鼠不多了,多半都是郊区老鼠,几乎个个也都是工作狂,比城里老鼠强不到哪儿去。据统计,全世界数美国人工作时间最长,甚至超过在这方面名声恶劣的日本人。所谓美国人的富裕,我看其实也不过是个数字而已，整天撅着屁股追着自己的影子瞎忙乎，挣了钱又怎么样，哪有工夫享受？

住宅的布局结构，从某种意义上决定了人们的生活方式。在郊区，一眼望去，大多数房子像一个模子里翻出来的，毫无个性。久而久之，住在里面的人也彼此雷同。我在大学教书，发现美国小青年的思路大同小异，让我大吃一惊，再看到郊区那一排排标准化房子，才恍然大悟。有时想，这种现代化的洗脑，比集权主义更可怕，因为人们完全丧失了反抗意识，认为这一切是天经地义的。

美国人最热爱的概念是"空间"，越大越好，从大房子大汽车大电视，到大吃大喝大块头。郊区胖子多，这和垃圾食品有关。每逢周末，我开车加入美国人购物的行列。那个名叫 Costco 的连锁店大得像个飞机库，里面的货物也像是刚从飞机上卸下来的。食品都是大包装的：牛肉十磅，蛋五打，啤酒三十罐。你再看出口处个个满载而归，喜气洋洋，把汽车塞得满满的。

我的一个南非朋友来美国，他惊讶地告诉我说："美国人穷得胖死。"我琢磨这话包含两重意思：其一，美国胖子多半来自广大劳动人民，"饥不择食"；其二，是指美国饮食文化的粗鄙倾向。这大概和清教徒的传统有关，其后又恰好成了暴发户，求多求快，把垃圾食品进行商业化包装靠广告打遍全世界。"麦当劳"和"肯德基"这类美国怪物，居然能在"食不厌精"的中国站住脚，可见其厉害。

最可怕的是那些小镇的美式自助餐店，胖子云集。我觉得那是商业化阴谋中最险恶的一部分，正如鸦片，让那些贪食的人欲罢不能，直到胖死。

写到这儿，我不禁打了个冷战。郊区生活真的有那么可怕吗？我想郊区老鼠至少文质彬彬。早上出门散步，一路上人们都招手致意，"哈罗""早安"没完没了，这总比城里老鼠横眉冷对甚至拔刀相向好多了。据说一个乡下孩子头一次到纽约，下了长途车跟过往行人挨个打招呼，可没一个人理他，没走多远他只好放弃了。也许在大都市，人们对孤独有更彻底的领悟，用不着装模作样。要不贾克梅蒂（Giacometti）的雕塑——那些细得像竹竿一样的人，其背景正是大都市呢。

纽约是个疯人院。我前两天去纽约，到一个住在格林威治村的朋友家做客。出来已经半夜了。纽约的夜生活才开始，车水马龙，灯红酒绿，让我目瞪口呆。一个年轻女人在街上大叫大喊，原来隔着停在路边的车辆跟一个男人说话；一个老头八成刚从监狱放出来，在原地转圈跑步；一个半裸的醉汉站在路边自言自语；一个瘦高的黑人边走边扭屁股，两手随着他内心的韵律摆动……

在那一瞬间，我突然意识到，我真的成了乡下老鼠，很难再适应这种都市生活了。可恰恰在那一瞬间，我的生活出现了某些变化。我这只乡下老鼠，不得不搬到纽约——那让我深恶痛绝的地方。我必须做好准备，习惯空气污染和噪音，忍受惊吓，得以幸存下来。

午　餐

一

中午十二点半,我在曼哈顿第八大道八十号十九层"新方向出版公司"的门口按响门铃,佩吉(Peggy)迎出来。每次来纽约,她都和格瑞瑟达(Griselda)一起请我吃午饭,加上住在附近的艾略特,两男两女,用一张公司专用的绿色"美国运通"信用卡付账。这回我想破破例,省了这顿午饭,事先没打招呼,到了纽约一头扎进茫茫人海。谁想到在大都会博物馆纪念帕斯的朗诵会散场时,佩吉突然出现在我面前,不由分说,约好一起吃午饭。

佩吉五十多岁,家姓狐狸(Fox),无从考证,我估摸她祖先八成是爱尔兰的猎狐人。佩吉是我的责任编辑,也是"新方向"的副总裁。她家住在哈德逊河上游,从后窗能看到芦苇掩映的河水。1992年春天,我跟艾略特一起去她家做过客。她丈夫鲍普(Bob)是个退休的文学教授,在家写小说,做饭,热衷于小区政治。听佩吉的口气,鲍普的小说永无完成之日,也没指望发表。说来那才是真正的爱好。饭后我们沿哈德逊河散步,来到一个小码头。木结构的栈桥伸向哈德逊河,桥头钉块牌子。"二战"期间,多少美国小伙子在这儿跟情人告别,再也没回来。

"新方向"出版社的创办人是詹姆斯·劳夫林(James Laughlin),可惜我无缘见上一面。当年他认识庞德时,只是个家境富有的文学青年。庞德对他的诗评价不高,倒是劝他办一家地道的文学出版社。由庞德指明的"新方向",六十多年来成了美国出版业的奇迹:不以赚钱为目的但又能自负盈亏,而几乎所有美国现代诗歌的经典都源于此。劳夫林两年前去世了。

出版社成了母系氏族——老板和主要编辑几乎都是女人,像一群母鸡,孵养我们这个时代相当男性化的文学。

艾略特迟到了。作为帕斯的英译者,这两天他忙得四脚朝天。在纽约和华盛顿举办盛大的纪念帕斯的活动,最后以在大都会博物馆的朗诵会达到高潮。按字母顺序,艾略特排最后一个。他坐在我旁边,急躁但克制,准是浑身都能划火柴。整个朗诵会由美国桂冠诗人平斯基（Robert Pinsky）穿针引线，最后以艾略特打结：他给艾略特极高的评价。在读帕斯的长诗《太阳石》最后一节前，艾略特动情地说："三十年前，就在离这儿几个街口，我跟帕斯开始一起朗诵……如今人已去，诗还在……"他的声音哽咽了。

格瑞瑟达终于出现了。她七十多岁，刚从脑血栓的打击中恢复，脚下还不太稳。她目前是出版社的老板，掌管"美国运通"信用卡，而病痛和年龄正逼她退休。她父亲斯盖勒·杰克森（Schuyler Jackson）是诗人兼文学批评家。大约六十年前，英国的名诗人罗伯特·格瑞夫斯（Robert Graves）和夫人劳拉·瑞定（Laura Riding），来美国和他们一家共度夏天，结果她父亲和劳拉堕入情网。劳拉把她妈妈逼疯了，在神经病院一住几十年。格瑞瑟达那年只有十二岁，和弟妹一起被送到姑姑家。而他父亲和劳拉搬到佛罗里达的一个葡萄园隐居，至死在一起。其间四十年，他们共同编写一本英文词典，每个定义只用一个词，既未完成也没出版。自那个夏天以来，格瑞瑟达再也没见过父亲。

我们一行四人，从十九层楼降到地面，过马路，再拐个弯，直奔那家名叫"布鲁塞尔"的饭馆。十年来，我们也试过别的几家，都不甚满意。看来实验归实验，传统就是这样形成的。最后一次尝试，是家刚开张不久装潢时髦的小馆子。那天艾略特点的汉堡包，他刚咬一口眉头就皱起来。结账时，侍者礼貌地问我们觉得饭菜怎么样。"你要我说实话吗？"艾略特从眼镜上面瞥了他一眼，"这是我有生以来吃过的最差的汉堡包。"

"布鲁塞尔"的基本色调是暗绿色，古色古香，有股欧洲战前的味道。这里气氛轻松而节制，没有年轻人和酒鬼，我估摸来这儿的都是老顾客。沿窗摆下的四张桌子，随外面变幻的光线转动。我们多半都选那张把角的桌子，似乎为了某种稳定感。阴天下雨，这四张桌子好歹才安静下来。夏天的阳光被窗户过滤，不再那么暴躁；到了冬天，阳光影影绰绰，成为某种生命的幻象。

侍者彬彬有礼但又不夸张，随时准备消失。

二

在纽约竟有某些不变的东西。十年来，我们同样四个人，来同一家饭馆，坐在同一张桌子，谈同样的话题，连口味也越来越趋于一致。今天除了格瑞瑟达点烤鹅肝外，佩吉、艾略特和我都点的是鸭丝沙拉。而饮料嘛，四个人全都要冰茶。照惯例，再加两份炸薯条。用炸薯条蘸西红柿酱，有滋有味的。

先说起纪念帕斯的朗诵会的盛况。由于会场早就满了，有一千多人被拒之门外，其中包括赞助者、墨西哥参议员。佩吉说她也被拦在门口，幸亏来了墨西哥的一帮政要，她赶紧声明她是帕斯的出版者，于是文学被政治裹挟进会场。

我说，是帕斯，是他的个人魅力，把平时互不来往的美国诗歌界的各路人马以及政要、外交官聚到一起来了。朗诵会就像一个和解中的家庭聚会，只有我和另一个瑞典诗人是外人。"你在他们中间简直是个婴儿，"格瑞瑟达插话说。她告诉我，那个一头白发瘦高瘦高的老先生是肯尼迪的特别顾问。"真神了，快半个世纪过去了，他居然还活着。"格瑞瑟达感叹道。于是大眼瞪小眼，好像活见了鬼。

"人们永远弄不清帕斯的政治立场，"艾略特吞进一根炸薯条，说，"其实很简单，按美国的标准，他是左派；可按拉丁美洲的标准，他得算右派，因为他反共，反卡斯特罗，而很多拉丁美洲作家都是卡斯特罗的朋友。"

佩吉告诉我,"新方向"打算出版帕斯两卷本的诗歌全集,由艾略特翻译和编辑。他们还打算出顾城的诗集,要我设法和他姐姐联系,得到版权许可。

鸭丝沙拉上来了。厨房就像潜台词,躲在文学和政治后面,出其不意。我们的胃突然被唤醒,激动有如心脏。好一阵,只听见刀叉叮当作响,大家不再吭声,专心于鸭子的滋味、菜叶的质感和调味油的色泽。汽车声和脚步声漏进来,窗上有人影滑过。阳光闪耀。其实,阳光才是纽约真正的主人。昨天早上,一个法国摄影记者给我拍照,带我满街追赶阳光。我通过摄影家的眼睛看到纽约的阳光,在楼群之间摸索、折射,转瞬即逝。四个胃留在黑暗中蠕动,意识的曙光在上升。

我问起艾略特纽约的治安。刚到纽约的第二天早上,我在莱克辛顿大道和东三十一街把角的咖啡馆喝咖啡看中文报纸。有一则消息:马友友的大提琴在纽约失而复得。他下出租车时,忘了拿后备箱的那把价值二百五十万美元的大提琴。报警后,全纽约的警察出动,帮他找那辆出租车,四个小时后,大提琴回到马友友手里,没耽误他晚上的演出。就在我读这条消息时,小偷麻利地摸走了我放在脚边的书包。说时迟,那时快,待我猛醒,四下一打量,全都是正人君子。

佩吉和格瑞瑟达赶紧搂住自己的包,生怕不翼而飞。艾略特眼睛一翻,摇摇头,责怪地说,"这里是纽约。"是啊,只能怪我这个乡下人,在引导城里的正人君子犯错误。

说起纽约犯罪率的下降,艾略特指出,这是全美各大城市的普遍现象,除了美国经济好转外,还和从十五岁至二十八岁这一高犯罪率的年龄层的下降有关。

我问他对纽约市长朱利安尼怎么看。

"他整个一个法西斯!"艾略特火冒三丈,"在曼哈顿根本就他妈没法停车,我今年吃了六张罚单。连到公园烤肉,超过五十个人必须得到批准,等于禁止集会游行。更别提布鲁克林那档子事了。"在布鲁克林美术馆正进行的展览中,一个黑人画家把大象粪和圣母像涂在同一块画布上,引起了争议。朱利安尼威胁美术馆若不摘掉这幅画,就甭想得到市政府下一年度的拨款。

杯盘撤去,我们四个人都要了咖啡。话题转向美国明年的大选。艾略特叹了口气,说这回他不知该选谁了,戈尔真让他失望。他跟我解释说,堪萨斯州最近通过了教育法案,否定了进化论,在中小学的课堂上以基督教的创世说为基础。按基督教的说法,世界只存在了一万年。"那化石该怎么解释?"艾略特耸耸肩,"荒谬透顶。"而信奉高科技的戈尔为了赢得当地选票,竟对此不置可否。佩吉和格瑞瑟达连连点头。这些美国左派对民主党也厌倦了,政治前景像咖啡一样暗淡。

我问佩吉为什么在美国没有第三种势力。

"现在冒出个改革党,但也不太可能构成第三种势力。这也许恰恰说明美国选举制度本身有问题。"佩吉耐心地向我介绍了美国大选的过程。你看,三下五除二,只能得这么个结果。

"为什么美国总统几乎都是律师?"我又问。这就是局外人的特权,不耻下问,百无禁忌。佩吉和格瑞瑟达掰着指头把本世纪的美国总统挨个拨拉一遍,果然让我言中。

"是不是律师这行当的思维和表述方式在影响美国的政治?"我说。

"绝对没错。他们借用法律语言,以冷血的意志和间接的方式达到目的。"佩吉说。

午餐结束了,我们在门口告别。阳光明媚,这是晚秋最后的黄金时光。不知怎么,我忽然想起马奈的《草地上的午餐》,其实这幅画和我们在"布鲁塞尔"饭馆的午餐毫无关系。

杜 伦

一

1986年春,我到伦敦参加诗歌朗诵会,然后由英中文化协会的尼古拉(Nicola)小姐陪同,北上杜伦(Durham)。杜伦大学东亚系为我安排了活动。是夜,在大学客房留宿。和东亚系讲师司马麟(Don Starr)、尼古拉共进晚餐时,我随便说了一句"要能在这儿多住几天就好了"。这本是一种感叹,没想到两位懂中文的英国主人认真了。

一年后,我拎着箱子,在杜伦长途车站探头张望。那天阴冷,大教堂的钟声突然敲响。

那正是我漂泊生涯的起点。从1987年3月,刨去1988年底我回北京住的四个多月,到现在整整十三年了。此时,我坐在紧挨巴黎蓬皮杜中心的小公寓回首,多少有点儿幸灾乐祸,好像那个在长途车站的中国人跟我无关。

司马麟把我接到他家。他们住在乡下的农舍,古旧高大。他的太太吉尔(Jill)是小学老师。有三个孩子,一男两女。英格兰北部的早春跟冬天没多大区别。房子大,用不起暖气,冰窖一般。人家天生就经冻,孩子们穿得少,一个个小火炉似的,冒着热气。我把能穿的都穿上了,还是不停地发抖。

五天后我搬进大学,就住在一年前我住过的客房。这里有暖气,我像棵冻蔫的植物缓了过来。一个月后,邵飞带女儿来了。我们在客房住了一个多月,然后搬到离市中心不远的一栋排房。楼上楼下,有电灯没电话,日子清贫,但总算是安顿下来了。

马先生是华商,在澳大利亚当工程师,退休后到杜伦定居,家离我们很近。他身体不好,有严重的哮喘病。他每礼拜天上午去附近的大城市纽卡斯尔(Newcastle),义务教那些华人说英文。他总是开车捎上我,把我卸在中国城,下课再来接我。纽卡斯尔是个衰败的城市,尤其礼拜天,大部分商店都关门,更加荒凉。我的任务是买豆腐,这中国人得以幸存下来的主要蛋白质来源。在那儿总共待两个小时,我还挺忙乎——在街上溜达,逛跳蚤市场，去吃角子老虎机店试试手气，不行赶快撤，别把豆腐钱搭进去。上了车，马先生总是问我都干了什么。买豆腐，我说。只买豆腐？他疑惑地瞥了我一眼。只买豆腐。

马先生跟一个叫朱丽（Julie）的英国女人结婚了，把房子卖了，搬到夫人家去住。他们请我们去做客。朱丽家的花园很大，满是花，开得热烈。马先生不再是我们邻居，礼拜天也不再去教英文了——"从此君王不早朝"，于是买豆腐成了不可能的任务。

朱小姐是东亚系的中文老师。其父是国民党空军驾驶员，在训练中失事丧生。是母亲把她带大的。她母亲住香港，但似乎一直想牵住这个飞得太远的风筝。朱小姐待我们很好。我们到大学洗衣房洗衣服，常到她那儿歇脚。她总是微笑，眼睛里却有一种莫名的忧伤。朱小姐很漂亮，但感情生活不顺利，单身多年，和一个叫凯文（Kevin）的小伙子好了一阵，又吹了。最后嫁给一个上岁数的英国绅士。

卡洛兰（Caroline）也是东亚系老师，人高马大，心直口快。刚到不久，她开车带我们去附近海边野餐。那一带是产煤区，岩石光秃秃黑乎乎的，海水浑浊。她告诉我,她喜欢教书,但不喜欢做研究写文章。提起正要建造的海底隧道,她不满地摇摇头说,我可不信任法国人,"二战"就把我们出卖了。这回有隧道倒好,俄国人干脆开着坦克过来。

卡洛兰找到了个男朋友。正准备办喜事,可男朋友在商场被一个持刀的疯子杀死了。她郁郁寡欢,最后辞退了大学的工作。那是我们离开杜伦好几年以后的事。这不幸遭遇,让我想起那次野餐和肮脏的海。海底隧道建成了,俄国人的坦克并没有开过来。

跟我们来往最多的还是司马麟。他工人出身,有来自英国下层社会的学者那种质朴和机智。他长我几岁,开始秃顶,头发也花白了。教书的压力实在大,每周要教二十多个钟头,一直没空完成他自己的博士论文,因而也就甭想当教授。他研究中国历史,特别是明清史。一看名字就知道了——司马迁他弟弟。他说话慢条斯理,带一种英国人的"干幽默"(dry humor)。和一般幽默相比,恐怕就像果脯和水果的区别。

司马麟看我拉家带口,奖学金低,帮我在系里找了个语言助教的差使,临时工,但总算是份收入。我高中都没读完,就直接走上英国大学的讲台。每天早上头一堂课是在语言实验室,帮学生把舌头捋顺。一个学期好歹教下来,没想到校方想赖账,要按小时而不是按学期开支。麻烦的是,当时只是口头协议,并没签正式合同。那天在我家吃午饭,司马麟皱着眉头,没吭声,第二天带来封英文信,让我签字。原来是给校方的最后通牒:口头协议同样具有法律效应,若不履行的话,法庭见。

两天后校方乖乖把钱如数奉还。

二

杜伦是个幽静的小镇,有条小河从市中心穿过。桥上总是有个流浪汉拉手风琴,一条老黄狗趴在旁边。他神色安详,若有所思,似乎只专心于脚下的河水与琴声。他来自何处又将前往何方?没有人知道,没有人想知道。脚步匆匆,有人停下来,在空罐头盒里投枚小钱,是为了可怜那老狗的,流浪汉点点头代他的狗致谢。

和北京相比,这里人少街空,天高云淡。除了教书,我满街穷逛。进商店,看香水减价,一试,结果喷嘴拿反了,喷自己一脸,熏得我差点儿晕过去,连忙用衣袖擦。我尽量躲人远点儿,溜出门,迎面撞上司马麟和另几位英国同事。我神色慌张，倒退着打招呼，借口家里有事，撒腿就跑。

田田刚到杜伦时只有两岁多，我们把她送进托儿所。早上9点钟邵飞把她送去，12点接回来。这儿的托儿所跟中国的作风大不相同，阿姨带孩子一起疯，连蹦带叫，三个钟头下来，孩子精力发泄了，也踏实了。去托儿所路上，满街都是上街买菜的英国老太太，围着田田夸个没完，用尽天下好词。田田跟天下大明星一样被宠坏了，一见老太太索性站住，等夸完了再走。

在杜伦，最美的是草坪，大片大片的，彼此呼应。特别是春天，一簇簇水仙迎春花在草坪开得耀眼，唤醒过冬的人。吃过晚饭，我们一家常去散步，穿过草坪奔植物园。鸟入林，咕咕声渐渐转弱。月亮升起来，花草的气息越来越浓重。田田独自向前跑去，小小的身影在草坪上滑动。

在我班上有个美国学生叫内特（Nate），大个儿，一脸憨笑。我们约好每星期二下午他来我家，我教他中文，他教我英文。由于双方水平都差，就像两个刚会说话的孩子凑在一起。你几岁了？我住在美国。你喜欢读报纸吗？中国很大。下午四五点是英国人喝茶的时间，雷打不动,那是一种社交仪式。入乡随俗,我们也跟着沏茶,摆上几块饼干。"在中国喝茶吗?"内特问。我心想废话,嘴上说:"在中国喝水,把茶卖给外国。"他孩子般笑了。我们是语言边境两边的野蛮人。内特后来成了文学评论家,常在美国报刊上发表文章,居然为我的一本英译诗集写过书评《在语言水平上》(*From Language Level*)。

我要去伦敦参加活动,利大英(Gregory Lee)和他的法国太太开车从利物浦赶来。我们是1985年在北京认识的。他生长在利物浦,有四分之一中国血统,比别的汉学家更懂得中国。女人做饭拉家常,我跟大英一头钻进酒吧。英国人平时横眉冷对,一下班就冲进酒吧,如啤酒泡沫般亲密无间。

第二天我们一早出发。大英刚买了辆二手的白色英国车Rover,据说是英国警察开的,很神气。离伦敦一百多英里,因修路两道合并,大英仗年轻跟另一辆车抢道,撞上一排塑料路障,差一点冲到对面路上去。结果挡风玻璃粉碎,又赶上下雨,什么都看不见,大英把头探出车窗开车,总算到了车铺。田田说:"咱们别坐车了,走去伦敦吧。"我们及时赶上一班火车,才没误了事。

顾城夫妇来杜伦,住我们家。顾城极能睡,加在一起每天至少十六个钟头。等他醒了，我们聊天散步逛街。看见街头艺人表演，他撒腿就跑，一问，怕人家跟他要钱。在大学朗诵后，顾城把自己复印的照片送给学生。我说你疯了，怎么像个伟人一样？谢烨在旁边帮腔，你看你看，我早就说过，他不听。临走头一天，顾城给我们烙煎饼，吃完饭我们都去午睡，起来看他还在那儿烙，煎饼堆成山，够我们吃半个月的。我把他臭骂一顿，顾城不吱声，把手伸进他那高帽子里抓抓头发，跟着嘴一歪，笑了。

我们签证到期的当天，一位移民局官员来访，问何时离开。每次外出旅行回来，入境都得被问个底儿掉，就差查三代了。堵在后面的旅客开始抱怨。以后我们尽量等人散尽，再接受大英帝国的致意。

人自幼总是踮脚眺望明天，总嫌自己个儿长得慢而爬树登高要看个究竟；人过中年走下坡路，开始不停往回张望，一步三叹。写到杜伦这一段，我发现和我在中国的遭遇相比，几乎什么也没发生过，纯粹是没事找事。再一想，这不挺好吗？我们在杜伦住了一年零三个月。对我来说，那是八九年重大转折前一段相当平静的日子。其实，人关键不在于经历而在于体验。否则如书中的一页，还没好好读，就送到回收中心，和别的书混在一起打成纸浆，永远消失了。要想复述那一页几乎是不可能——

冬日下午，我在杜伦住所的楼下沙发上读书。天阴，下着小雨，风掀动白色的薄纱窗帘。我打开老式的落地台灯。暖气嘶嘶响。楼上田田跑来跑去，脚步咚咚。一只苍蝇在屋里飞来飞去，像历史那么让人心烦。

棒球赛

下午5点40分,我按响门铃,丹(Dan)迎出来。他的下颌骨刚做过手术,笑起来挺费劲儿。他从冰箱取出两瓶"红尾"(Red Tail)牌麦芽啤酒(Ale),我们边喝边聊,等他的太太贝特西(Betsy)下班回来。昨天是贝特西生日,他们请我到一家意大利餐馆吃晚饭。餐桌上,他们提到今天晚上的棒球赛,还富余两张票,劝我跟他们一起去。我当时一口谢绝了,今天下午一琢磨,改了主意。

丹小我两岁,是建筑商也是诗人。我们住在同一个小镇,一起参加加州首府萨克拉门托(Sacramento)诗歌工作坊每星期二晚上的活动,他是这工作坊的主持人。我们认识没多久,就成了好朋友。

电话铃响。是贝特西,她在萨克拉门托的州政府工作,来不及赶回家,约我们在棒球场附近的"瑞欧城咖啡馆"(Rio City Caf)见面。这种麦芽啤酒比一般啤酒度数高,我喝得猛,顿时有些头晕,好在丹开车。我们 6 点 10 分出发。他告诉我,不久前他在大学听了一场演讲。演讲者彻底否定了进化论,认为现在写成书的多半满纸胡话,比如说人是最高级的动物。其实人一点儿都不比细菌高级,连人的生死大权多半都是由细菌决定的。丹认为我一定会喜欢这类的异端邪说。我闭目养神,心想我肯定不如细菌,被一瓶啤酒弄得晕乎乎的。

我们小镇离萨克拉门托很近,开车大约二十分钟。棒球场在市中心,紧挨萨克拉门托河上的老桥。丹开车在老城兜了一圈,找不到车位,只好开过老桥,停在棒球场外临时设置的停车场上。我们再步行穿过老桥,回到老城。河面开阔,河水被桥墩分开,卷起层层涡流。老桥上的人行道很窄,迎面涌来的人跟我们擦肩而过,显然都是去看棒球的。

"瑞欧城咖啡馆"在河边,是由火车站的一栋老房子改建的。天花板很高,六个银色风扇慢悠悠转动,那纯粹是摆设——室内有空调。吧台前挤满了人,大概都是在比赛前来喝一杯的。我们找到贝特西,还有他们的朋友老汤姆(Tom)。老汤姆是律师,在州政府房管部门工作。他红光满面,白发白胡子,唇须从两边翘起。恐怕每天早上他都得花点儿工夫,用铅笔什么的卷卷唇须。他戴着顶棒球帽,上面有1987年棒球冠军赛的字样,还有一个戴高筒帽翘胡子的美国佬,跟他长得一模一样。

丹点了一种鸡尾酒。我稀里糊涂跟着又要了瓶啤酒,听老汤姆讲他们为低收入家庭盖公寓的计划。我越喝越晕乎,把身体靠在吧台上,寻找支点。

七点整,我跟他们穿过老桥,尽量把步子走稳。汤姆讲起这桥的历史和当年的淘金热。他生长在巴尔的摩,搬到这儿二十五年了。在成为律师以前,他在海军服过兵役,开过轮船,当过足球教练。

棒球场有一万四千个座位,满满的,连看台对面的草坪都是人。播音器宣布比赛开始了。到处是卖啤酒小吃的,人们用塑料托盘带回座位上。丹去买啤酒,问我要不要再来一杯。我站都站不稳,只剩摆手的份儿了。

终于坐定,我在老汤姆和丹之间,搂着一桶爆米花。今天是"河猫"(River Cats)队跟"拉斯维加斯之星"(Las Vegas Stars)队比赛。老汤姆和丹自幼都打过棒球,连贝特西也不例外。而我对棒球一窍不通。小学踢过足球，中学打过篮球，都极差，最多当当板凳队员。有回让我上场，一见没人看我转了向，三步上篮，差点儿把球送进自己筐里。

丹和汤姆轮流跟我解释比赛规则，我越听越糊涂。比如，为什么那手持大棒的家伙，眼见球飞来飞去不给它一下？丹说，教练的手势是秘密语言，由他决定是否击球。在美国，要是不热爱体育，等于白活。

丹提醒我，一大桶爆米花眼见快让我一个人吃完了。

一只燕子低飞而过。它穿过整个场地和看台，最多不过十秒钟。这人类聚集的方式肯定会给它留下奇怪的印象。

8点10分，零比零。对面大厦玻璃上的落日反光越来越耀眼，比棒球场的聚光灯亮多了。由人装扮的玩具熊在场地周围溜达，一会儿追着自己尾巴转圈，一会儿跟两个姑娘一起用大弹弓把糖果射向观众。卖爆米花、花生米和棉花糖的小贩穿来穿去，大声吆喝。

怪不得美国胖子多，我说。

关键是生活方式的改变，老汤姆说。以前我们父辈多半是干体力活儿的,吃同样这些玩意儿没问题,如今我们都坐在桌子前,动脑不动手。

九点整,零比零。播音器播放着"基督教青年会"(YMCA)的会歌,全场起立跟唱,还一起伸胳膊蹬腿模仿"基督教青年会"四个缩写字母并高喊:Y—M—C—A—。丹又买来一包"牛皮大王杰克"(Cracker Jack)的甜爆米花。包里有一个火柴盒大小的小册子,仅几篇纸。封面上写"内页惊人"。打开一看,是杰克语录:"你的手指甲和公牛角是同样材料做成的。"(Your fingernails are made of the same stuff as a bull's horns.)

死亡谷

死亡谷（Death Valley）位于加州东南部，占地三百万公顷，是美国本土最大的国家公园。1849年，三十个寻找捷径的淘金者在那儿迷了路，活下来十八个，其中一个幸存者称其为"死亡谷"。

今年感恩节我们去了死亡谷。同行的老李一家，住在同一个小城。老李山东人，上海长大，东北插队，一看就是个北方汉子，黧黑结实，在公开场合不大说吴侬软语。这从发声学的角度来说是有道理的，圆号怎么能发出丝竹之声？他刚获得生态学博士学位，留校做博士后。人家是环保专家，以前学的又是选矿，当向导再好不过。他提前一个多月就开始准备，查资料，找地图，订旅馆，租汽车。在美国出远门最好租车。开人家带保险的新车，对多数中国人来说,总免不了有一种苦尽甜来的窃喜。

我们一行连大人带孩子整十个,浩浩荡荡,正是怀着这种窃喜上路的。我开的是辆崭新的"丰田"(Camry),老李开的是瑞典车"富豪"(Volvo),由他带路。Volvo在瑞典文明明是轮子,这八成是讲求实际的香港人译的。最近《纽约时报》登了篇文章,指出香港翻译外国电影时,片名从不直译,而是用四个字点出故事的穴位。看来把"轮子"译成"富豪"是对的,只有"富豪"才配坐在这样的"轮子"上。

按老李的计划,我们在一个小镇维萨利亚(Visalia)歇脚。据说这个小镇本世纪初因农牧业而繁荣。那肯定是个伟大的谣言,看这眼下的衰败景象,所有的房屋好像奶酪制成,正要和大地融为一体。我们在市中心的草坪上野餐。周围的人形迹可疑,多是流浪汉。阳光明媚。我们这些不速之客,给这个正在死去的小城带来意外的浪漫时光。

孩子们都聚在前面的"富豪"车上,听范晓萱和周华健的歌。我们这些落伍者,紧追慢赶,听霍洛维兹(Horowitz)在莫斯科的钢琴演奏会。两代人之间的唯一联系是步话机。喊破嗓子,对方竟毫无反应。追至并驾齐驱，摇下车窗，连喊带比划。终于从步话机里调出声音："地瓜地瓜，我是土豆……"

到贝克镇（Baker）天已黑了。贝克，英文意思是"烤炉"，可见其热。市中心戳着世界上最高的温度计，最高温度纪录是华氏134度，相当于摄氏56度。贝克镇建于五十年前，是进入死亡谷的大门。

在事先订好的汽车旅馆"面包仔"（Bun Boy）办好住宿手续，一招手，五男五女趁夜色扛睡袋拖锅碗瓢盆分别钻进两个房间。洗漱完毕，我们来到隔壁一家名叫"疯狂的希腊人"（The Mad Greek）的饭馆。"疯狂的希腊人"一点儿也不疯狂，主人和顾客个个没精打采。若温度计升到134度，我相信人人都会发疯的。这是家希腊式快餐店，陈设俗气，有一股强作欢颜的味道。墙上挂满了好莱坞电影明星的照片，上面有他们的签名。

早上六点半，用电饭锅煮上方便面，把孩子们轰起来，排队上厕所。我临睡前和老李喝白干，喝得我脑袋疼。从贝克镇出发进入死亡谷，由邵飞开车。我昏昏欲睡，只记得路很窄，两边开阔，像个旧梦。到了扎布里斯基角（Zabriskie Point），我才醒来。登高，群山隆隆升起，从灰蓝到赭黄，交响乐般展开。在老李的指挥下，火山喷发，地壳运动，折叠成山，围堰成湖，湖水蒸发，留下盐碱地。挥手之间，几亿年过去了。

这里是世界上最热的地方之一。夏天地面的最高温度达180度，也就是摄氏82度，可以煮熟蛋了。居然还能有植物幸存下来。有一种草木，叶子灰白，像铃铛在风中摇动，手轻轻一碰，灰飞烟灭。老李解释说，这类植物有一种自我保护的本能，在漫长的旱季完全关闭，任枝叶干透，但根部保留最后一点点儿水分，等待雨季的到来。那是一种修炼，生生不息，直到地老天荒。

我们来到二十头驴峡谷（Twenty Donkey Valley）。1873年，一个叫考尔曼（Coleman）的人在这里开发了硼砂矿，他制造了一种二十头驴拉的车辆运送矿砂。沿沟壑进山，我们深入大地的褶皱。这些黄色的山包又秃又圆，土质松软，有点儿像陕北的黄土高原。我突然想唱支陕北民歌，运了半天气，没唱出来。

魔鬼的高尔夫球场（Devil Golf Course），是湖泊蒸发后留下的盐碱和碎石所形成的奇特地貌。坑坑洼洼，到处是小洞。顾名思义，只有魔鬼才能在这样的地方打高尔夫球。据说夏天，可以听见盐结晶膨胀时发出的声音。

坏水（Badwater）低于海平面282英尺，是西半球的最低点。"坏水"其实并不坏,是一潭涌泉,高氯、高钠、高硫,但无毒。周围一片白茫茫的盐碱地,有群山环绕。盐碱极像冰雪,走在上面有点儿奇怪,好像走在另一个星球上。天转阴,蓝色雾霭铺天盖地。我们像一群鱼穿过史前的大海。

下午3点,我们在沙漠地带野餐。吃饱喝足,男孩子用一个空可乐瓶子当橄榄球,抛来抛去。田田跟老李的女儿从沙丘上往下翻滚,兴奋地尖叫。我和邵飞去散步。那是中年的午后,阳光从云中洒下来。周围没有多少生命的痕迹,除了蕨类、几只苍蝇和一队行进中的大蚂蚁。

天色暗下来,我们开车离开死亡谷。斯拉夫舞曲第五号配合下山时的急转弯,听得心惊肉跳。德沃夏克大概没想到这样的演奏效果吧?

夜宿孤松镇(Lone Pine)。翌日晨,小雨。

辑四

师　傅

师傅这称呼，八十年代初开始流行，是"同志"与"先生小姐"之间的过渡。在两个阶级的斗争中，这个词严重磨损，其中的辈分、年岁、技术、能力，甚至潜在的性别意识都消失了。

我在建筑业干了十一年，五年混凝土工，六年铁匠，到了都没当上师傅。岁数熬够了，但技术不熟练，一直是二级工，连工资都没涨过，谁管你叫师傅？当过我师傅的可不少。事实上，除了学徒的，几乎人人都是我师傅。

1969年3月，我到北京第六建筑公司报到，跟行李一起装进卡车，拉往河北蔚县的工地。我们的任务简单明确：开山放炮，在山洞里建发电厂。

我头一个师傅叫向桂林，他是个六级木匠，领着一帮知青和当地的民工干杂活。向师傅河北人，一看人就老实，话不多，总是笑呵呵的，牵动满脸善良的皱纹。他从前在矿上干活，得了硅肺病，咳得很厉害。我们这帮知青，上班总是扎堆聊天。向师傅经过，一声不吭，自己动手干起来。

下放的会计张胖子和"阿驴"跟向师傅住。每天晚上政治学习，全班人马挤在他们小屋抽烟打盹儿。这回知青来了精神，轮流读书读报，声音高亢。向师傅不识字，在马克思的哲学概念前有点儿慌乱，两只粗手卷着"大炮"，一点火，脸顿时被烟雾蒙住。

"阿驴"是我的初中同学。他眼镜厚厚的，个儿高高的，走起路来三道弯。那架势哪儿有防人之心？他带来一台红梅牌半导体，有一天被贴了大字报，说他偷听美国之音。向师傅知道了，跳着脚大骂，从未见他生那么大的气。工地来人调查，他作证说："根本没这么回事。""阿驴"总算过了关。

几个月后正式分工种，我被分到混凝土班。在工地常能见到向师傅，他带着"阿驴"放线。我挖沟，向师傅蹲在沟沿抽烟，背后是天空。他突然剧烈地咳起来。两年后，在宿舍聊天，突然听到向师傅死于肺癌的消息，我忍不住号啕大哭,把在场的师傅们弄得莫名其妙。工地死人好像一阵风,是不留痕迹的。

孟庆君,山东人,小个子,黧黑,金鱼眼,满嘴脏字。他那时候快五十了,可别的师傅都管他叫小孟。我们班长刘师傅整天拿他开心。他当年的笑话可多了。刚解放,小孟从山东来北京,头一回坐火车。买了票一转身,火车开跑了。他站在月台上,指着火车破口大骂:"火车,我日你奶奶!"来到北京,他想往老家寄包裹,问别人火车快还是电线快,回答电线快。他爬上电线杆,把包裹绑好,第二天早上果然不见了。

在蔚县工地,小孟在洞里当安全员,后来转到我们班组。那天上夜班,我们把拆开的铁支架扛到另一个山坡上去。小孟突然来了气,啐了口唾沫,把手套一扔,骂开了:"吓,三孙子,瞎他妈指使人,这活儿不是白干?"他往地上一蹲,罢工了。班长只好忍气吞声,绕着他走。这情况有点儿像政界元老,骂两句,皇上也得听。

不久我们搬到北京远郊的东方红炼油厂,小孟正式成了我师傅。我们俩整天穿着大胶靴,拖着振捣棒,在刚浇灌的混凝土中跋涉。那好像是一种没有终点的比赛,裁判是死亡,看谁在这样的行走中先耗尽生命。他对我的劳动评价挺高:"不怕脏,就怕累。"我晚上看书看得晚,他每天早起冲我嚷嚷:"晚上耍夜猫子,早上耍死耗子。"如今我也冲我女儿这么嚷嚷。

楼盖多了,我们的住宅条件有所改变,从上百人同住的大工棚,搬进尚未装修粉刷的宿舍楼。我、孟师傅和另一个人住一屋。那简直是一种奢侈。工地开大会,指导员大叫大喊,挨家挨户砸门。我把门反锁,躲在屋里看书,孟师傅翻着金鱼眼帮我打掩护。

他说话特损。夏天中午午休,我们一帮朋友到水沟游泳,每人穿着游泳裤,外边裹着橡胶雨衣。孟师傅看不惯,嘿嘿笑了,用浓重的山东口音说:"别害羞,下回再少穿点儿,干脆就戴个避孕套算了。"

孟师傅从内蒙弄来一堆生驼毛线,准备给自己织条毛裤。他先向女工取经,学习针法,回来再一点点儿琢磨。每天晚上我读书写作,他戴上老花镜,一针一针地织起来。坐在炉子上的水壶嘶嘶响。从秋天一直织到第二年开春,冬天过去了,眼看着他老人家没穿上。更不幸的是,裤腿织到一半,毛线用完了。再细看,那毛裤又粗又硬,戳在地上能立住,像古代铁甲。我管它叫"孟师傅的毛裤衩"。

1974年我调到三工区的铁工班，跟阎师傅打铁。阎师傅叫什么，我忘了。他又瘦又小，最小号的工作服也显得太大。一顶破帽子汗渍斑斑，檐沿耷拉下来。他少言寡语，有时咕噜几句，谁也不知道他在说什么。我们师徒俩的对话多半都在那铁砧上。他的小榔头叮当叮当一响起，我的十四磅大锤就得赶紧跟上，轻重缓急，声起声落。铁块转暗，不再迸溅火花，我一身虚汗，眼冒金星，正是两锤聊得更欢时。小榔头一停，阎师傅挥挥手，让我回宿舍。他知道我有个爱读书的毛病。这工夫，他忙着淬火、打磨、收拾烘炉。有时看书看忘了，他来宿舍找我，叫声"小赵"，转身就走。

　　不久，给我调来个师弟。小王原来是架子工，从七步架上掉下来，把脊椎摔坏了。他膀阔腰圆，比我壮实多了。两个大锤和一个小榔头之间的对话，真是有些惊心动魄。小王一直惦记着用大锤换那个小榔头，借打铁和阎师傅讨论。大锤砰砰地追问：我何时才能当师傅？小榔头斩钉截铁：没门儿！

　　淬火是铁匠活儿的关键。有时阎师傅不在，由小王执掌小榔头。结果刚修好的铁镐，因淬火不过关，卷刃断裂，很快退了回来。小王背后咧咧，怪阎师傅保守。师

师　傅　197

徒之间，既是权力关系，又有感情因素，技艺承传并不简单。阎师傅几次想教我，我没兴趣，他闷闷不乐，背手扬长而去。

他准是这样嘟囔着："读书，哼，读书管屁用？不好好学技术，喝西北风去吧……"

芥 末

一

郑某，大款也，外号"芥末"。他进美国赌场登记，问他叫什么，他摇摇头——不懂，人家顺手给他取个英文名字吉姆（Jim），他再音译成一种颇有个性的佐料。"这名字不赖，"他跟我说，"芥末。"

我和芥末走到一起来了，冥冥中必有上帝的安排。要说我俩在生活上完全没有共同点：他做生意，我写字；他挥金如土，我两袖清风；他占山为王，我满世界奔走；他是光荣离职的警官，我嘛，整个一个在逃犯。谁承想四年前，我们同时搬进这个美国地图上很难找到的小镇。

芥末东北人，个不高，瘦，寸头，一对招风耳挺喜庆。他生长在山东胶东半岛的小村子里，八岁那年跟爷爷去东北找当林业工人的父亲。那童年的贫困刻骨铭心，按他的话来讲："我十五岁以前没穿过线裤。"初中毕业后留在林场，开大卡车，在林区小火车烧锅炉。给他评工评成二级，少拿五块钱，开始闹情绪。那天早起上班，他说他病了，师傅不满地摇着头，拿他没辙，只好让副司机烧锅炉。他躺在火车头和煤车之间的平台上睡着了。小火车在过桥时突然出轨，车上的圆木冲向火车头，把两位师傅活活顶死。他小子命大，从梦中直接掉进结冰的河上。爬起来，一瘸一拐，跑了四十里路去报信，到了场部才发现右胳膊摔断了。

后来当兵，父亲给连长打了个大立柜，换来为首长开车的美差。他在林场拉圆木拉惯了，可得小心着点儿，别颠坏了首长。七十年代末，他考上政法学校，毕业后进了公安局，成了跟踪和窃听专家。这可是门真本事，要不怎么能跟上七十二变的时代呢。

他对数字过目不忘，车一过，他准能记住车牌号码。但他坚决不学英文，遇事手一比划，再蹦几个英文单词。去年他跟我去买辆旧车，人家开价五千，芥末心急手快，伸出四个指头，嘴也还跟得上："Four dollar！"愣把车价还成四块美元。那卖车的墨西哥人差点儿气疯了。

英文不灵，总会有点儿小麻烦。有一回去自动提款机取钱，他麻利地刷卡，嘀嘀嘀，输进两百美元的数目，没想到竟吐出一堆邮票，原来是台售邮票机。芥末不爱写信，这两百美元的邮票够他用一辈子了。

要说芥末不会英文也不对，凡赌场用语，从钱数到纸牌的颜色等级组合以及比赛规则，他全都门儿清。他的手势特别丰富：沮丧、踌躇、愤怒、咒骂，老美都懂，特别是凯旋时啪地一拍桌子，让输家心惊肉跳。芥末有一阵天天去赌场上班。附近的印第安人保留地开有赌场，我跟芥末去过一趟。一进门，不少人都跟他打招呼，芥末挺胸收肚，笑眯眯地挥手致意。发牌的更是对他毕恭毕敬。他在赌场有自己的账号，吃喝免费。他有一种大家风范，输点儿钱面不改色心不跳。只见他挥手之间输了八百块，于是谆谆教导我说："赌博其实跟做生意是一码事，敢输才能赢钱。"

去年开春，他在印第安赌场赢了五百，加上兜里原来揣的七百，回到我们小镇，欲罢不能，过家门而不入，租了辆车，直奔一百多英里外的雷诺（Reno）——美国第三大赌城。沿途多是山路，赶上下雪，必须要加防滑链。这是美国法律。他一听六十美元，立马退货，对那工人说："No！"拍拍自己的胸脯，伸出大拇指，这意思很简单：老子车开得棒，用不着这玩意儿。人家如数把钱退给他。可没开出多远，一辆警车呼啸而来。警察可不管他怎么比划，刷，一张八十美元的罚单，还用步话机召来一辆吊车。那司机熟练地运用大钩子和钢缆，连车带人吊起，再绑在吊车平台上。芥末来美国还从来没这么风光过，高高在上，视野开阔，前有警车开道，后有司机护驾，真有点儿国家元首的架势。可惜吊车没开多远，在一家商店门口停下，除了吊车费，还得照样花钱买防滑链，外加安装费。到了雷诺，又花钱找人拆下那倒霉的玩意儿。还没进赌场，里外里已经被宰了两百多。苍天在上，眼见着芥末走背字，没过多久全部输光，只剩下九块钱。出门再去装防滑链吧，不够。他用手指头戳着皱巴巴的纸币，拍拍口袋，一摊手。人家在赌城干活，什么样人没见过，得，好歹帮他装上了。可这九块钱的安装有问题，回租车公司一查，防滑链把漆皮打坏了。没买保险？赔。没现金？好办。女职员押着他去银行提款。可这还没完，五百美元不够，又寄来一千二的修车费。更倒霉的是，芥末从此上了这家公司的黑名单，永世不得翻身。

自1997年夏天,我跟芥末常在一起,交流赌博经验。没想到他居然还喜欢诗,要去我的一本诗集。有时他冷不丁背出我的诗句,吓得我一激灵,以为我那隐秘的声音是被他窃听到的。眼看着前警察和现行反革命找到了精神共鸣。

正写到这儿,电话铃响,是芥末。我们有半年多没联系了,听说他在国内做生意做砸了。这边既要养家糊口,为了办绿卡,还得缴足美国的苛捐杂税。于是两口子双双去餐馆打工。我约他过来聊聊,说到就到。他手上有刀伤,裹胶布,再卷起袖子,胳膊上满是燎泡的痕迹。人倒是比以前精神了。他在餐馆什么都干,洗碗、炸锅、红白案,有时还掌掌勺,每天干十二个钟头,能吃能喝,倒头就着。

中午我请他到市中心的一家中国馆子吃便饭。他是干一行爱一行。进了餐饮业,他对诸如点什么菜干净,烹调程序以及什么样餐馆赚钱全都门儿清。来美国是他一生中最大的错误,没办法,如今老婆孩子都不愿意回去了。说到将来,他准备打工攒钱,自己盘下个餐馆,东山再起。

"搞政治的是流氓,做生意的是强盗……除了走私毒品,我他妈什么坏事没干过,什么人没见过?走到这一步,我才知道好好过日子最重要。"说到这儿,他眼圈红了,把头转向窗口,外面正在施工,窗户蒙着绿色帆布。

他告诉我,他金盆洗手不赌了。有时半夜开车带餐馆的黑工们去赌场,每人收五块钱汽油费,他躺在车里睡大觉。偶尔跟着进去看看,支支招。赢了,问他是否会赌,他摇摇头走开。

> 一个被国家辞退的人
> 穿过昏热的午睡
> 来到海滩,潜入水底

他突然背起我的诗,叹了口气,说:"我十五岁以前没穿过线裤,我怕谁?"

二

我在外晃荡了一年多,前不久又搬回原来住的小镇。给芥末打电话,他应声而至。这两年,他的生活又有了戏剧性的变化。看来在非虚构的写作中,作者要想跟上主人公的步伐,并非易事。

他明显见老了,平添了不少白发。说到激动处,小眼睛眨巴眨巴的,饱含泪水。他信主了,礼拜五晚上跟教友一起查经,谈天说地;礼拜天去教堂,扯着嗓子高唱赞美诗。

自从1995年搬到美国,他在国内的生意一蹶不振。1997年"伟哥"问世,他深知这革命性药物对振兴中华的重大意义。于是跟朋友借了钱,藏着掖着,把"伟哥"带回中国,救苦难同胞于水深火热之中。"当然,"他抿嘴一笑,"也顺便挣点儿小钱。"

1998年秋,他敛了敛手头的银两和"伟哥"带来的利润,又向亲友举债跟银行贷款,重振旗鼓。这可是最后一锤子买卖,成败在此一举。成了,他就回美国跟老婆好好过日子去了。他积几十年斗争之经验,决定最后下把大注——自己开赌场,要说这恐怕是所有赌徒的最大理想了。

他带着人马浩浩荡荡开进山东烟台地区某县,先跟当地地头蛇和公安串通好,又从澳门赌场请来阿田发牌。阿田一番表演,他才明白自己钱财的去处。"全他妈的是假的!"他对我说。阿田告诉芥末,夜长梦多,这买卖不能超过十天。

赌场开张了。胶东人是赌场老板最乐于见到的那类赌徒——火暴性子,越急输得越快。芥末忙着点票子,日进斗金,暗喜,到十天头上欲罢不能。又过了四五天,官匪勾结,几乎把他们一网打尽。他警察出身,闻出气味不对。那天早上他吩咐保镖悄悄去租两辆车,再通知阿田,各奔生路。他先到青岛避风头,再用钱打通关节,把弟兄们一个个赎出来。他带人去找那地头蛇理论,结果是自己丢了颗门牙外加乌眼青。压着火回到老家,遣散众人,在老丈人家养伤数日。待他飞回到美国,身上只剩下五毛钱人民币。

"你看!"说到此处,他咧开嘴,用手扳着门牙。仔细看去,那颗门牙的确与众不同,我生怕他顺手把它拔下来。

眼见着揭不开锅了,老婆去餐馆打工,他赋闲在家,终日郁郁寡欢。最后他决定微服私访,体察一下民情。要说他苦孩子出身,干活麻利,什么事一学就会。他从打扫房子刷油漆开始,直到锯树。锯树并非伐木,须登高,锯掉那些枝头叉脑。老板用推土机的巨铲把他顶起来,再用绳索拦住腰间,以防不测。那有点儿像功夫电影中的特技镜头:他手持电锯,穿行于林木之间。

他能上能下，上虽不能说是上刀山，但下确实是下火海。他到餐馆找活。老板问，会不会炸锅？会；干几年了？五年。成，起薪一千三。老板为了节省人工，炸锅冰箱洗碗机环绕，中间只能站一个人。芥末身兼数职。只见他右手炸翅膀，左手颠炒勺，兼顾旁边的咕咾肉汁，俩膝盖轮流磕两个炉灶的风门开关。不仅如此，一只眼还得斜视，盯洗碗机上堆积起来的盘碗，两只招风耳支棱，迎候那老板和侍者来自远方的召唤。

三年工夫，他约莫换了三十家餐馆。他脾气不好，老板几乎又个个刁钻，他动辄拍案而起，算账走人。

他老婆在餐馆老板娘的带引下，信了基督教，他也糊里糊涂跟着受了洗。教会活动时，他打工累，时不时打个盹儿。教友们说他睡在神的怀抱里。"嘿，睡在神的怀抱里，真不赖。"他怪样地笑了。他讨厌教条，喜欢开明的牧师，自诩为不合格的基督徒。这和他当年做生意相反——所有残次品都贴上了合格商标。

他后来转到一家日本餐馆，继续做炸锅。一打听，那做寿司的师傅每个月连工钱带小费能挣三千多，都是现金。他动了改行的念头。他找日本师傅攀谈。语言不通，好在中文字日本人多半认得，连写带比划，他手势又特别丰富。一来二去，日本师傅明白了，芥末每个月给他五百美元，连着给半年，要他秘密传授做寿司的手艺。No，日本师傅摇摇头；Yes，芥末转身走了。开支那天，他硬是把五百美元塞给日本师傅。学徒期间，语言是个障碍。有一天，他问寿司得没得，日本师傅用英文说："Not yet（还没哪）。"芥末没听懂，一琢磨，这日文倒是跟中文差不离，八成是"拿叶"，便从冰箱抱来堆荷叶，遭到一顿臭骂。半年后，他改换门庭，自己当起寿司师傅来。

那天晚上芥末请客，李陀、我女儿和我一行三人欣然前往。开进核桃溪镇（Walnut Creek），华灯初上。芥末在寿司吧台后面眯眯笑，一身蓝花和服，手持快刀。老板是台湾人，招待我们喝上好清酒。芥末边干活边跟我们聊天，游刃有余。他说他这名字起坏了，如今天天跟芥末打交道。他手艺好，英文也还能对付几句。"要几份加州卷？"他用英文问美国客人，再记在账单上。

没过几天那家餐馆被人告了，停业整顿。芥末打算在我们小镇自己开家日本餐馆。他掰着手指头跟我算了笔账，前景可观。我差点儿忘了他以前的老板身份。他转来转去，看中了一家倒闭的墨西哥餐馆，各方面都理想，除了乌鸦。那是我们小镇乌鸦最集中的地方，尤其在黄昏时分，呼啦啦一片，令人心寒。乌鸦粪腐蚀性极强，落车上，若不及时擦掉，会留下永久痕迹。这势必影响生意。

上周末我请芥末吃晚饭。他有些神不守舍，刚到我家就说出去看看动静，好一阵才回来。他以前警官的敏感，做了精确记录：6点10分，乌鸦从四面八方飞来；6点20分开始在树梢落脚；6点48分，它们全都一动不动。他的解释是，乌鸦先开大会，后睡觉。但问题是睡着了还排泄与否，不得而知。这顿饭吃得不太踏实，芥末一直念叨着乌鸦。

怪人家楷

我弟弟来巴黎看我，家楷托他带来大大小小十来条精致的小鱼，由珐琅和金丝镶嵌而成，摇头摆尾，若不是重了点儿，放在水中多半能游走。这是他太太开的工厂生产的。

七十年代初，我通过中学同学认识大中。他在中专教书，口才好，喜欢抽雪茄，满肚子学问随烟雾沉浮。他是天生的文学评论家，可惜那年头无书可评，只好就凑合着把他精心裁剪过的十九世纪俄国文学理论外衣套在样板戏《海港》和电影《春苗》身上。谁知道连这类文章也和地下文学同命运，无处发表，还得掖着藏着。

有一回大中跟我聊天时透露，家楷是他中专同学，喜欢我的诗。一天夜里，我正钻被窝看书，有人敲门。只见一个人风风火火冲到我床前，满嘴酒气，唾沫星子乱溅。我吃了一惊，再细听，才明白来者正对我的诗赞不绝口，说我比他崇拜的当今大诗人吴三元（何许人也？）还棒。那时候年轻，哪儿禁得住这么夸，夸得我直头晕。还没定下神儿，他又像来时那样突然消失了。

此人便是家楷。一晃三十年过去了，他长我五六岁，眼见奔六十了。我至今还记得他当年的模样：个儿不高但结实，头发蓬乱，眼镜腿缠着胶布，笑起来嘴角朝下，似乎随时都能转成嚎哭。他爹惨死于文化革命中。说到此，他两眼发直，一脸杀气。自打我们认识，他已经是个酒鬼了，借酒浇愁，动不动酒后大哭一场。他管喝酒叫吃酒，可见其量。吃醉了，除了上天无所不能。当年跟人打赌，他光着脚头顶鞋袜，正步穿过王府井。

他住什刹海，离我家不远。那是一栋破败的小楼，夹在当时体委两位高官的豪宅之间。他住二楼，仅一间半小屋，隔门缝可窥视邻居的姑娘。他是北京第二机床厂的技术员，泡病号吃劳保，嗜酒如命，只好变卖家当，最后连椅子都没了，仅剩一床一桌一锅一碗。

有一回，我俩在地安门一家酒馆吃酒，隔壁桌子两男一女，年轻单纯，一看就是干部子弟，不知怎么搭上了话，甚是投机，转而坐到一起吃酒。余兴未尽，家楷请他们到家里坐坐，推开门，他大声说："前面是李清川，后面是陈步雪，中间便是鄙人寒舍。"那三位来自豪门，被这一贫如洗的"寒舍"惊呆了，相视而笑。家楷实在好客，没椅子，就把客人往桌上让。待两男一女在桌上坐定，别说无茶待客，连个杯子都没有。主人和我戳在旁边倚着墙，一聊聊到半夜。刘禹锡在《陋室铭》怎么说来着："孔子云：'何陋之有'？"

有天早上我来找他。他光着膀子，枯坐床头。我约他出去转转，他执意不肯。何故？他指指挂在屋当中铁丝衣架上湿漉漉的破旧蓝制服——只此一件，无衬衫无背心，非等干了才能体面上街。我只好奉陪。那年头人有耐心。好在天热，我们等一缕缕无形的水汽慢吞吞蒸发。过了中午，他终于穿上那件半湿不干的衣服跟我出门。

家楷愤世嫉俗，但满脑袋糊涂思想，尤其吃过酒，更是谬论连篇。我想是恨毁了他。社会的压力过大，必怪人多，其内心世界苦不堪言。很多人受不了——疯了。得亏有酒，救家楷于水深火热之中。

他单身多年，直到七十年代末找到小骆，那真是他的福分。小骆通县人，纯朴宽容，否则怎么受得了家楷？

他们结婚前不久,家楷来找我,声称他自己配不上小骆,极力劝我当新郎。气得我暴跳如雷,差点儿把他赶出家门。我岂能夺人之美,再说这种事哪有先人后己的?我越是生气,他越是哈哈大笑。真没辙。

家楷终于搬进通州府骆家大院,做起小地主来。八十年代初改革开放,他酒醒了,磕磕绊绊也跟上时代步伐。大概是缺衣少穿不愉快的经验,他竟成了裁缝,而且是好裁缝,特别是裤子,成了通州府头号权威。再进军北京城,开了裁缝店,当了某服装中心的顾问。

但酒还是要照吃的,天还是要照骂的。

我离国十多年,和家楷断了联系,偶尔能从亲友处听到他的点滴音信。只知道小骆响应邓小平号召,自己办厂,先富了起来。家楷不再做裤子了,闲在家里吃酒。

想当年,小骆还是县办工厂的工人,从厂里"顺"了几条归为残次品的小鱼,经家楷之手送给朋友。这本算不了什么,就像我是建筑工人,拿两块砖回家当枕头那么天经地义。可没想到赶上运动,厂方四处追查——事关国家外汇储备之流失,吓得小骆直哭。家楷疯了似的满城奔走,寻找小鱼。与此同时,官方正在追查反革命谣言。家楷大概总共给我五条,我转手送给女友表妹,她们再送人。几经转手,要想找回来小鱼就像追查反革命谣言一样难。费了九牛二虎之力,只找回两条。家楷那阵子天天哭丧着脸。

很多年过去了,小鱼又从茫茫人海中游了回来。

刘伯伯

一

刘伯伯是我妻子的继父,可自打我认识他,就管他叫刘伯伯,叫了快二十年了,好在他不挑理。我搞对象那会儿,他也正跟我岳母谈恋爱——我们像两颗行星同时进入一个家庭。

今年3月,他们老两口来美国探亲。几年没见,他的背更驼了,头发胡子全白了,牙也快掉光了。他是个乐观派,只要有酒,日子总是美好的。他闲不住,要么在后院种菜浇水,要么骑车满城转悠,驮些减价的菜回来。在美国住了这么久,我都不知道这儿的大店竟和北京农贸市场一样,菜不新鲜也撮堆卖。他爱钓鱼。听说附近河沟里有鱼,我们先去视察了一趟。

他手背在身后,像首长在河边溜达,笑眯眯的,可见心里有数。买了钓鱼证,备好鱼竿,我一早开车送他过去。头两回不是断线,就是连鱼竿都拽跑了,可见鱼大。换上粗线,那些美国傻鲤鱼可算遭了殃,一条跟着一条被拉到我们家的餐桌上来。他牙齿数目有限,只能抿些软食。待白酒下肚,眼睛生出些光辉。酒后他喜欢讲故事,多是他的亲身经历。

他爷爷是广东茶农。一个俄国商人想在高加索开茶场,把中国茶引进俄国。他到广州招募了七个中国人,包括爷爷在内。这班人马折腾到高加索,水土不服,全都得了疟疾,死了俩,跑了四个,爷爷奄奄一息。俄国商人把他接到莫斯科治疗,气候变了,竟又是一条好汉。否极泰来,茶场日见兴隆,爷爷种的茶还得了巴黎博览会金奖。沙皇红了眼,于是茶场易手。

这茶刚沏上,赶上十月革命,沙皇升天,茶场归苏维埃政权,新官僚接过茶杯一饮而尽,爷爷获红旗勋章。

刘家族谱上有格外荣耀的一笔。大儿子八岁来俄国,送到彼得堡读书。十月革命一声炮响,他一介书生,无党无派,竟成了第三国际的中国代表。那时中国共产党还没成立,毛泽东还在橘子洲头长叹。他先行一步,是为了营救困在俄国的华工。列宁接见了他,并写信帮他疏通渠道。护送华工回国的途中，他在哈尔滨被张作霖扣押，幸亏有中国驻俄武官作保才获释。他留在哈尔滨，在中东铁路局工作，很快升任监事长。他在两种语言的边界上搭过革命列车，其终点是他编的《俄汉大辞典》。

小儿子即刘伯伯的父亲，一生没有这般光彩。他中学毕业后被爷爷留在身边，养马种地，照料茶场。十九岁那年，他和茶场的格鲁吉亚管理员的女儿堕入情网。在女方父母的反对下，他们秘密结婚。

刘伯伯原名刘杰，1923年生在俄国巴统。他有一半格鲁吉亚血统。这有好处，天生就是俄语教授；也有坏处，赶上"文化大革命"这样的非常时期，天生就是"苏修特务"。

刘杰六岁那年，他们全家搬到哈尔滨，父亲在中东铁路局做事。"九一八"事变，再搬到北京。父亲先在故宫抄写古老的俄国文件，东北大学内迁，他成了俄文教授。"七七"事变，书又教不成了，索性到兰州去做生意。刘杰跟同学一起去救护伤员，在死亡中翻滚。母亲不放心，凑了路费，让他去找父亲。那年他十五岁，初中还没毕业。

今年夏天，我们一家开车上山，在聂华达山脉的太浩湖（Lake Tahoe）边野营。山顶积雪，烟波浩渺，红木参天。据说这是美国最清的高山湖，清得能看见水底的藻类。傍晚我们在帐篷旁边升起篝火，抵御阵阵寒风。刘伯伯负责管火，他拾来树枝和松果作燃料，烧水烤肉。夜深了，岳母、妻子、女儿都睡了，只剩下我们俩，围着篝火，分享他那广口玻璃瓶里的伏特加。松果扔进火里，吱地冒出白烟，噼噼啪啪烧起来，很快变成灰烬。火势变化无穷，百看不厌。

刘杰辗转找到父亲，在兰州一家汽车修理厂当徒工。父亲常外出，为商行收购皮毛。那时，苏联的军事援助车队经哈萨克斯坦、新疆到兰州、西安，再奔重庆。车队一来就是一二百辆，前面车上架机枪。沿途专门设了招待处，提供食宿、翻译和向导。刘杰如鱼得水，常跟苏联车队东游西荡。那些俄国大兵远离故土，听到纯正的乡音，惊喜程度可想而知。

有一回他搭车去安西找父亲，途中得了盲肠炎。苏联车队的卫生员，只有止疼片。到了安西，疼得更厉害了。安西是个破败县城，只有一条街，既无药铺也无大夫。他整天躺着，疼痛减轻时到街上走走，晒晒太阳。安西有个苏联飞机加油站，有时飞机在去兰州途中停下来加油。站长保证，一旦有飞机，即使是战斗机也会把他捎到兰州。他每天盯着天空。三个月过去了，他只好忍着剧痛，搭长途车回到兰州。

兰州刚经历大轰炸，到处是废墟和尸体，医院根本没床位。他找到打排球认识的苏联航空大队的人。俄国卫生员挠着头皮说，他原理懂，但从没做过盲肠手术，除非能找个有经验的护士。老护士找来了，可语言不通，还得找个翻译。他找来姑姑的同事，一个懂俄文的中年妇女。手术在一个被炸毁的医院的手术室进行。肚子刚一剖开，翻译立马晕了过去。刘杰只好自己翻译。可这位江湖郎中怎么也找不到盲肠，翻来翻去，伤口越开越大。再加上吗啡是黑市上买的，掺了假，很快就过了劲。刘杰剧痛难忍，破口大骂，拒绝再翻译，只盼一死了之。江湖郎中终于找到了盲肠，好歹和老护士齐心协力把伤口缝上。伤口整整疼了两年才完全愈合。

那年秋天他再到安西，父亲出门了。离县城七里外的龙王庙改成俄国车队接待处，父亲的几个学生在那儿工作。正赶上中秋节，他们请他过去吃晚饭，有酒有肉。夜深了，主人们留他过夜，但他执意要回县城。外面很冷，他们找来件老羊皮袄给他。月光朗照，荒草瑟瑟，小路把他引向河边，河水哗哗地穿过一座木桥。走到桥中间，心里一惊，迎面一对萤绿的眼睛闪烁，显然是只孤狼，也要过河。听老人说，见狼不能往回跑，否则会从背后咬住喉咙。他急中生智，脱下羊皮袄反穿，一边向前跳跃，一边学藏狗吠叫。狼倒退两步，夹着尾巴逃跑了。

二

刘伯伯嗜酒如命，每天没半斤白干，这日子是过不下去的。按美国标准，他早该进戒酒中心了。三年困难时期，找不着酒，他什么代用品都喝过，甚至酒精香水。我真不知道喝香水是什么滋味，那要打个酒嗝，可够吓人的。自打跟我岳母结婚，我岳母总是拦着他。上有政策，下有对策，他把酒藏在酱油瓶醋瓶里，一边做饭一边喝。嗨，那还挡得住喝？让他喝吧，一醉解千愁。

刘杰高中只上了一年，就考上了甘肃学院（兰州大学前身）教育系。属他年纪小，英俊潇洒，被女同学们围得团团转。他喜欢运动，是校排球队队长。有一回比赛，他一记猛扣得分，发现小指头上的金戒指没了。裁判宣布暂停。队员们撅着屁股，在球场的黄土面里摸来摸去，一无所获。回到宿舍,在伙伴们的追问下,他讲述了这个金戒指的来历。

兰州由于是苏联军援的集散地,成了日本轰炸的主要目标之一。当时兰州的警报系统相当完备。日本飞机从山西运城起飞不久,先是预备警报;一过平梁,发正式警报;待敌机迫近才是紧急警报。

那天凌晨三时,响起预备警报,他跟人流挤出城门上了山。防空洞多在半山腰,其实只是些三四米深的洞,无任何支撑。他躺在洞外。无风,几缕薄云,星星硕大耀眼。紧急警报如公鸡报晓,天蒙蒙亮,高射机枪射出红红绿绿的曳光弹,甚是好看。他刚退进防空洞,大地剧烈地抖动起来。突然一黑,洞塌了,哭喊声连成一片。依求生本能,他拼命用手向前刨土。哭喊声停了,空气越来越稀薄。他突然触到另一双手,一双女孩子的小手,左手无名指上戴个金戒指。原来他和隔壁的防空洞挖通了。黑暗中,他们俩手紧握在一起,喃喃地说着什么。

醒来,刘杰已躺在防空洞外面,营救人员还在土堆里寻找生还者。他看见一个十五六岁的女孩子坐在那儿发呆,她粉袄绿裤,辫子又长又粗,手上戴着个金戒指。他们的目光碰到一起。是你?女孩子高兴得直蹦。她叫小芳，是跟姨妈去定亲的。

你还定什么亲？干脆嫁给我吧。刘杰半开玩笑说。

那敢情好，俺俩是生死之交。这婚事，俺本来就不乐意。

硝烟弥漫，孩子哭大人叫，担架队正把伤员运走。他们俩竟不顾周围的战争，手紧紧握在一起，海誓山盟。小芳脸上有一层细细的绒毛，刘海整齐，眼睛充满泪水。她扑哧笑了，说：俺姨还躲在前面那片战壕里，俺去去就回来。

那片战壕不远，最多四五百米。小芳刚消失在其中，第二批日本飞机来了，炸弹正好落在上面，硝烟腾起。他发疯似的冲了过去，在土堆里搜寻，最后仅找到一只戴金戒指的小手。他埋葬了小手，把金戒指戴在自己手上……

嗨，不说了，刘伯伯叹了口气。我们俩坐在"萨德沃"（Sudwerk）酒吧的后院喝啤酒。这是我们小城唯一一家自己生产啤酒的地方。现在客人不多。阳光绕开遮阳伞，落在刘伯伯脸上。他喝的是一种带苦味的黑啤酒。我的健身房就在隔壁，平时我去锻炼，总是把他拉到这儿喝啤酒看报纸。他们明天就要回北京了。有人在酒吧的钢琴上弹奏爵士乐，通过扩音器传到后院来。

他在大学一年级认识了林琳，她是来自福建的流亡学生。学生宿舍是过去考试的贡院，紧挨城墙根，石阶磨损，廊柱褪色，高大的梨树飒飒作响。刘杰的小屋挨着医学院的停尸房，隔着个小过道。两边的窗户纸都破了，他常跟刚运来的死尸打照面。林琳是医学院的学生，常独自到停尸房解剖尸体。有一回，她坐在高凳上抱着尸体检查，不知动了哪根筋，那尸体的胳膊竟搂了过来。她高呼救命。就这样，他们在停尸房认识了。

那是春天，梨花正在盛开，开得耀眼。这对他俩都是第一次。他们常常一起爬上皋兰山，追逐嬉戏，论天下而望未来。

1943年2月，眼看快毕业了，双方都忙于应付考试，有一阵子没见面。有一天他碰到林琳的同学，才知道她病了，病得很重。赶到医院，她得的是急性肺炎，发高烧。他把林琳送到兰州最好的医院，找来最好的医生。烧了整整一个月，林琳的身体似乎从衣服中渐渐消失。

昏迷了三天，她终于在刘杰的怀里醒过来了。

我要搬家了。林琳喃喃低语。

搬到哪儿？刘杰很诧异。

搬到皋兰山上去。

刘伯伯

半夜她在刘杰的怀里咽了气。值班医生让他把尸体送到停尸房去。他抱着林琳,穿过医院幽暗的后花园。一个老头打开停尸房的门。他把林琳放在床上,不肯离去。老头以为他走了,哐啷一声把门锁上,黑暗中,他握着林琳的手枯坐到天明。

按林琳所指的方向,刘杰把她埋在皋兰山上。

钢琴曲告一段落。人声嘈杂,周围的桌子都坐满了。今天是星期六,酒吧的生意特别好。刘伯伯沉默不语,他眯起眼睛,似乎想看穿六十年的历史迷雾。我注意到一滴细泪停在他左脸颊上,不动。

林琳死后,刘杰每晚一瓶烧酒,才能入睡。毕业后他在七里河一家新建的织毯厂找了份差事,而他对一切早已心灰意懒。一天夜里,他在自己的宿舍,面对窗外明月,举枪对自己的脑袋,扣动扳机。竟是颗臭子,看来命不该死,他把手枪扔出窗外。

三

从太浩湖一路下山,峰回路转,开得我心惊肉跳。录音机里放的是法国作曲家萨蒂的钢琴曲。坐我旁边的刘伯伯睡着了，脑袋摇晃，不时地碰到玻璃窗上。他紧抱的那台索尼摄像机快成了古董，取景器还是黑白的。从不太严格的意义上，他算个摄影爱好者，不论走到哪儿，总是哆哆嗦嗦地端着摄像机，好像那是他观察事物的一种方法。我跟他开玩笑，说他出门看到的永远是二手的黑白风景。更让人佩服的是，他不计成败，把拍好的录像带扔在一边，极少再碰，体现了一种大家风范。

有时我怀疑，这位刘伯伯和那个年轻的刘杰是同一个人吗？是谁在讲述谁呢？听起来似乎不是他在讲述过去，而是过去在讲述他。在一个如同生命般短促而又漫长的梦中，刘杰把他叫醒。他清清喉咙，紧紧搂住摄像机，给我一些必要的指点：拐弯前要点一下脚闸，然后轻踩油门；最重要的是，弯道上绝不能刹车。

上大学前，刘杰当过两年司机，开货车几乎跑遍大西北。他那时还不到十八岁。车一抛锚，前不着村后不着店，他差遣徒弟搭车回兰州买零件，一去至少十天半个月。他一个人带猎枪上山，餐风饮露，夜里睡在篝火旁。

有一回开车到彬州，刘杰跟一伙司机在酒馆赌博，玩的是 Show Hand，赌注越下越大。最后一轮，只剩下他和一个车行老板。他兜里没钱，仗着牌好，顺手把车钥匙压上。这车可是他租来的,一翻牌归了人家。他问能不能再让他开三个月,赢家竟答应了。他拼死拼活,拉了三个月的货,把车钱挣了回来。"那年月,司机是老爷,运货搭客,倒买倒卖。除了飞行员,就属司机挣得多。"他说。

他还真差点儿成了飞行员。1944年秋天,他考上了成都双流的空军航校,这和他第一次婚姻的失败有关。林琳死后,在极度的苦闷中,他匆匆成婚,不和。开飞机既能打日本,又能逃离家庭。可他晕高,航校的训练大都和高度有关,特别一上天桥,他两腿发软。日本一投降,内战开始了,比破裂的婚姻更可怕。他愤然离开了航校。

他先走街串巷,在上海推销了半年皮货。正赶上他父亲过去的同事、中国驻塔什干总领事需要个翻译,他成了塔什干领事馆雇员。国民党政权风雨飘摇,驻苏联大使溜号了。任代办的表妹夫,把他调到莫斯科使馆管总务。1948年底,刚上任不久的刘杰,出差采购,去斯德哥尔摩、巴黎等地转了一圈。

记得八十年代初,饭后茶余刘伯伯常讲讲欧洲见闻,让我们大开眼界。他说人家欧洲,家家户户单有根管子,一拧龙头,是新鲜啤酒,敞开喝。起先我有些怀疑,但想想人家毕竟见多识广。是啊,那多好,省得老去排队打啤酒了。直到几年后我自己去过欧洲,才明白那不过是一个酒鬼的梦想。

1949年秋天,共产党派人到莫斯科,和国民党使馆人员谈判。在谈判桌上,刘杰以个人的名义宣布起义。事先他跟表妹夫打招呼,劝他一起回去。表妹夫说:"你年轻想回国,我能理解。我在国外住久了,共产党对我再好,脑筋也不容易转过来。算了,我还是客死他乡吧。"表妹夫家眷,和前总务老钱及其他官员一起搬到巴黎和伦敦。

1992年夏天,我岳母和刘伯伯带女儿到巴黎来看我。旧地重游,刘伯伯感慨万千。他表妹夫早已病逝,表妹守着巴黎郊区的一幢大房子,沉默寡言,把记忆和毛衣织在一起。前总务老钱还活着,生活潦倒,在唐人街有间小屋,常弄几个小菜,找刘伯伯去喝酒。他身体不好,极瘦,眼睛鼓鼓的。听他们说起四十多年前的往事,真有隔世之感。谁谁死了,谁谁活着,谁谁病重了,那谈话如同命运的运算,加减乘除,还剩下些什么?离开巴黎头天晚上,刘伯伯喝醉了,半夜钻进厕所,哭了好几个钟头。

1950年2月,刘杰从莫斯科回到北京。他没去外交部报到,而是请担任外交部顾问的伯父转告周总理,他不想做外交官。那年他二十七岁。以后的事,他不大愿讲,即使讲,自己也觉得无趣。细想也对,其实自那以后,中国人的故事竟十分相像,那是个集体的故事,时代的故事。

临回北京的头天早上,刘伯伯又去河沟里钓鱼。我中午开车接他,他竟连一条也没钓着,这还是头一回。他显得有些困惑有些迷惘,收完竿,驼着背立在河边发愣。跟他一起去钓鱼的老关,原在建委工作,后来去了香港,现在退了休搬到美国。他以往运气不佳,这回竟钓到七条巴掌大的太阳鱼。我建议放生,而且得由刘伯伯来放。只见他把水桶一歪,鳞光闪闪,鱼扑通扑通跃入水中。他转过身来,嘿嘿笑了。

出版后记

三联版"北岛集"中的《午夜之门》,以香港牛津大学出版社的最新版为底本。根据作者建议,删落了其中的《巴黎故事》一文。特此向读者说明。

三联书店编辑部
2015 年 8 月

Copyright © 2015 by SDX Joint Publishing Company.
All Rights Reserved.
本作品版权由生活·读书·新知三联书店所有。
未经许可，不得翻印。

图书在版编目（CIP）数据

午夜之门／北岛著．—北京：生活·读书·新知三联书店，2015.10 （2022.9 重印）
（北岛集）
ISBN 978 – 7 – 108 – 05482 – 1

Ⅰ.①午…　Ⅱ.①北…　Ⅲ.①随笔－作品集－中国－当代　Ⅳ.①I267.1

中国版本图书馆 CIP 数据核字（2015）第 221244 号

责任编辑	冯金红
装帧设计	木　木
责任印制	董　欢
出版发行	生活·讀書·新知 三联书店
	（北京市东城区美术馆东街 22 号 100010）
网　　址	www.sdxjpc.com
经　　销	新华书店
印　　刷	河北鹏润印刷有限公司
版　　次	2015 年 10 月北京第 1 版
	2022 年 9 月北京第 7 次印刷
开　　本	880 毫米×1092 毫米　1/32　印张 7.875
字　　数	113 千字
印　　数	39,001－42,000 册
定　　价	55.00 元

（印装查询：01064002715；邮购查询：01084010542）